망각에 관한 일반론

주제 에두아르두 아구아루사 지음
이지민 옮김

구민사

서문

루도비카 페르난데스 마누는 2010년 11월 5일 아침, 루안다의 사그라다 에스페란사 병원에서 생을 마감했다. 여든다섯의 나이였다. 나는 사발루 에스테방 카피탄구로부터 루도가 스스로를 격리시키기 시작한 첫 해부터 28년 동안 쓴 열 권의 일기장을 받았다. 그녀가 집에서 나온 이후에 쓴 일기도 받았으며, 그녀가 아파트 벽에 쓴 글과 숯으로 그린 그림을 시각 예술가 사크라멘토 네토(일명 '사크로')가 사진으로 찍은 것도 한 무더기 받았다. 루도의 일기와 시, 설명을 보며 그녀가 겪은 비극을 재구성할 수 있었다. 이 기록들 덕분에 그녀를 이해하게 된 것 같다. 나는 그녀가 직접 작성한 기록들을 최대한 활용해 이제부터 이야기를 시작하려고 한다. 하지만 당신이 무엇을 읽든, 그것이 완전한 허구라는 사실을 밝힌다.

contents

너희의 바닥이 우리의 하늘이다.

루도비카는 하늘을 마주하기 싫어했다. 어릴 때조차 탁 트인 공간만 보면 겁에 질렸다. 그녀는 집을 나서는 순간, 등껍질이 벗겨진 거북이마냥 불안해하고 약해졌다. 예닐곱 살밖에 되지 않았을 때에도, 날씨가 어떻든 학교에 갈 때면 반드시 커다란 검은 우산을 썼다. 부모님이 화를 내도 다른 아이들이 짓궂게 놀려대도 소용이 없었다. 시간이 지나면서 상황은 나아졌다. 소위 '그 사건'이 발생해 루도가 이 원초적인 두려움을 일종의 불길한 예감으로 보기 시작하기 전까진.

부모님이 세상을 떠나자 루도는 언니와 함께 살았다. 외출은 거의 하지 않았다. 그저 빈둥대는 십대 아이들에게 포르투갈어 수업을 가르치면서 조금씩 돈을 벌었다. 그 밖의 시간에는 책을 읽고 수를 놓고 피아노를 치거나 텔레비전을 보고 요리를 했다. 그러다 밤이 되면 창문으로 다가가, 심연 위로 몸을 내미는 사람마냥 깊은 어둠을 들여다보곤 했다. 오데트가 답답해하며 고개를 가로저었다.

"왜 그래, 루도? 별 속에 빠질까 봐 두려운 거니?"

오데트는 고등학교에서 영어와 독일어를 가르쳤다. 그녀는 동생을 사랑했다. 루도를 집에 혼자 남겨두지 않기 위해 여행은 가급적 하지 않고 휴가 때도 집에만 머물렀다. 친구들은 그녀의 이타적인 행동을 칭찬했지만 지나치게 너그럽다고 비난하는 이들도 있었다.

루도는 혼자 사는 것을 상상할 수 없었다. 그러면서도 자신이 언니에게 짐이 되는 건 아닌가 걱정했다. 그녀는 언니와 자신을 배꼽이 연결된 샴쌍둥이로 생각했다. 반송장처럼 무기력한 자신과 가는 곳마다 그런 자신을 억지로 끌고 다니는 다른 반쪽, 언니.

언니가 어느 광산 기술자와 사랑에 빠졌을 때 그녀는 기쁘면서도 한편으로는 두려움이 앞섰다. 그의 이름은 오를란두로, 본래는 카테트 출신의 앙골라인이었다. 자식이 없는 홀아비인 그는 앙골라의 수도 루안다와 그가 근무하던 다이아몬드 회사가 거느린 마을인 둔두 사이에 살고 있었다. 상속과 관련된 복잡한 문제를 처리하기 위해 아베이루라는 포르투갈 도시에 잠깐 왔던 참이었다. 오를란두와 언니가 만난 지 2주가 되었을 때, 뜻밖에도 그는 어느 빵집에서 오데트에게 청혼했다. 거절당할 것을 예상한 데다 그 이유도 알고 있었기에 그는 루도도 앙골라에 데리고 가서 함께 살자고 했다. 그리하여 다음 달, 그들은 루안다에서 가장 호화로운 건물-일명 '프레지우 두스 인베자도스(Prédio dos Invejados)', 부러움을 자아내는 사람들이 사는 건물이라는 뜻이었다- 꼭대기에 위치한 널찍한 아파트에 신혼집을 차렸다.

루도에게는 쉽지 않은 여정이었다. 그녀는 진정제 탓에 멍한 상태로 낑낑거리며 몸부림을 치면서 집을 나섰고, 비행기 안에서는 내내 잠만 잤다. 다음 날 아침, 그녀는 새로운 집에서 잠을 깼지만 그 집에서도 예전 집에서와 비슷한 일상을 되풀이했다. 오를란두는 상당한 양의 책을 소장하고 있었다. 포르투갈어와 프랑스어, 스페인어, 영어, 독일어로 된 책이 수천 권에 달했으며, 유명한 세계 고전 문학 작품들이 거의 다 있었다. 루도는 이제 그 어느 때보다도 더 많은 책을 읽을 수 있게 되었지만 그럴 수 있는 시간은 오히려 더 줄어들었다. 두 명의 가정부와 요리사를 내보내고 자신이 집안일을 전부 맡겠다고 우겼기 때문이었다.

어느 날 저녁, 오를란두는 커다란 종이상자를 조심스럽게 들고서 집에 왔다. 그는 루도에게 상자를 건넸다.

"받아, 처제. 친구를 하나 데리고 왔어. 집에 혼자 너무 오래 있잖아."

루도는 상자를 열어 보았다. 안에는 갓 태어난 작고 흰 강아지가 두려움이 가득한 눈으로 그녀를 바라보고 있었다.

"수컷이야. 저먼 셰퍼드." 오를란두가 설명했다. "굉장히 빨리 자랄 거야. 근데 이 녀석은 알비노야. 조금 특이하지? 햇볕을 많이 쬐면 안

돼. 뭐라고 부를래?"

루도는 한치의 망설임도 없이 대답했다.

"팬텀이요!"

"팬텀?"

"네, 유령같이 생겼잖아요. 유령처럼 새하얗게."

오를란두는 앙상한 어깨를 으쓱했다.

"좋아. 그럼 팬텀이라고 부르지 뭐."

우아하지만 시대에 뒤떨어진 주철 계단이 팽팽한 나선형을 그리며 거실에서부터 테라스까지 이어지고 있었다. 테라스에서는 도시의 상당 부분이 내려다보였다. 만(灣)과 일랴 곶(串), 그리고 저 멀리 길쭉한 목걸이 모양의 황량한 해변과 레이스 세공처럼 우아하게 부서지는 파도를 한눈에 볼 수 있었다. 오를란두는 이 테라스에 정원을 만들었다. 그가 심은 부겐빌레아 나무가 거친 벽돌 바닥 위에 라일락 향기를 가득 담은 그늘을 드리웠고 한쪽 구석에서는 석류나무와 바나나 나무가 자랐다. 손님들은 의아해했다.

'웬 바나나지, 오를란두? 도시 정원이나 농장 뒷마당도 아니고.'

오를란두는 그들의 반응에 언짢아했다. 바나나 나무는 그가 어린 시절 놀았던, 토담으로 둘러싸인 넓은 정원을 떠오르게 했다. 더 심을 수만 있다면 망고나무와 모과나무를 비롯해 엄청난 양의 파파야 나무를 심었을 것이다. 그는 퇴근 후 집에 오면 이 정원에 앉아 위스키가 담긴 유리잔을 가까이에 놓고 불붙인 검은 담배를 입에 물고서 도시에 어둠이 내려앉는 모습을 바라보곤 했다. 팬텀이 그의 곁을 지켰다. 녀석도 테라스를 굉장히 좋아했다. 하지만 루도는 계단을 올라가려 하지 않았다. 처음 몇 달 동안, 창문 언저리에는 가까이 가려고도 하지 않았다.

"아프리카의 하늘은 포르투갈의 하늘보다 훨씬 큰 것 같아." 루도가 언니에게 말했다. "짓눌리는 기분이야."

4월의 어느 화창한 날 오데트는 점심을 먹으려고 집에 왔다. 루안다는 혼돈에 휩싸인 상태였고 그녀는 흥분되면서도 겁이 났다. 오를란두는 둔두에 있었다. 밤에 집으로 돌아온 그는 아내와 침실로 들어가 방문을 닫았다. 그들이 말다툼하는 소리가 루도의 귀에 들렸다. 오데트는 최대한 빨리 앙골라를 떠나고 싶어 했다.

"여보, 테러리스트들이라고요. 테러리스트…."

"테러리스트라니? 이 집에서 다시 그 단어를 썼단 봐."

오를란두는 소리를 지르지는 않았다. 대신 낮은 목소리로 매섭게 말했다. 그의 목소리에는 마치 상대편의 목에 들이대는 칼 같은 날카로움이 서려 있었다.

"당신이 말하는 테러리스트들은 이 나라의 자유를 위해 싸우는 사람들이라고. 난 앙골라 사람이야. 절대로 이곳을 떠날 수 없어."

시위, 투쟁, 집회로 소란스러운 날들이 이어졌다. 루도는 창문을 닫아버렸다. 하늘로 쏘아올린 폭죽처럼 거리를 가득 메운 시끌벅적한 웃음소리가 집 안으로 들어오는 것을 원치 않았다.

오를란두의 아버지는 1900년대 초, 카테트에 정착한 미뉴 강 출신의 무역가였고 어머니는 유럽인과 루안다 원주민 사이에서 태어난 혼혈인으로 오를란두를 낳다가 죽었다. 그래서 오를란두는 딱히 연락하고 지내는 가족이 없었다. 하지만 그 무렵 사촌인 비토리누 가비앙이 다시 모습을 드러냈다. 그는 파리에서 다섯 달을 지냈는데, 포르투갈이나 아프리카 출신의 망명자들이 자주 찾는 작은 식당에서 술을 퍼마시며 여자들과 어울리거나 모의를 하거나 냅킨에 글이나 시를 쓰며 시간을 보냈다. 덕분에 그는 낭만주의 혁명가의 느낌을 풍겼다. 비토리누는 거센 폭풍처럼 그들의 집에 쳐들어와서는 책꽂이의 책들과 찬장의 유리잔들을 흐트러뜨리고 팬텀을 불안에 떨게 만들었다. 팬텀은 안전거리를 유지한 채 그의 꽁무니를 따라다니며 으르렁댔다.

“동무들이 형하고 얘기하고 싶어 해. 젠장!” 비토리누가 오를란두의 어깨를 주먹으로 툭 치며 소리쳤다. “우린 임시정부를 구상 중이라고. 인재가 필요해.”

“그렇겠지.” 오를란두가 인정했다. “사실 인재야 많잖아. 부족한 건 분별력이지.”

그러곤 잠시 아무 말이 없더니 맞아, 하며 이번에는 조용히 말했다. 그가 가진 경험을 국가를 위해 사용할 수도 있겠지만, 시위운동의 중심에서 부는 극단적인 기류가 두렵다고. 사회 정의를 실현해야 한다는 사실은 이해하지만 모든 것을 국유화하겠다고 위협하는 공산당이 썩 내키지가 않는다고. 사유 재산을 전부 몰수하고 백인을 추방하고 소시민층의 이빨을 전부 뽑아버리는 것이 마음에 들지 않는다고. 오를란두는 자신의 완벽한 미소를 자랑스럽게 생각하며 틀니를 할 생각이 없다고도 말했다. 비토리누는 흥분한 상태라 둘 다 말이 지나친 것 같다며 웃어넘겼다. 그러고는 위스키가 끝내준다며 더 따라 마셨다. 지미 헨드릭스 스타일의 곱슬머리를 한 비토리누는 땀범벅인 가슴이 훤히 보이도록 꽃무늬 셔츠를 풀어헤치고 있었는데, 그 모습에 자매는 경악했다.

"당신 사촌 동생은 꼭 흑인처럼 말하네요!" 오데트가 비난하듯 말했다. "게다가 냄새도 지독하고요. 그 사람이 집에 올 때면 집 전체에 악취가 풍겨요."

오를란두는 화가 잔뜩 났다. 그는 문을 쾅 닫고 나가 버렸다. 그러고는 저녁이 되어서야 가시나무처럼 메마르고 날카로운 상태가 되어 돌아왔다. 담배와 위스키를 챙겨 들고 팬텀과 함께 테라스로 올라간 그는 밤이 깊어진 뒤에야 내려왔다. 어둠, 그리고 술과 담배 냄새가 함께 따라왔다. 그는 자기 발에 걸려 넘어져 가구에 부딪히고는 자신의 엿 같은 인생에 욕설을 퍼부었다.

첫 번째 총성과 함께 대규모 송별회가 시작되었다. 젊은이들이 거리에서 국기를 흔들며 죽어가는 동안 정착민들은 춤사위를 벌였다. 옆집에 사는 리타는 루안다와 리우데자네이루를 오가는 장사꾼이었다. 송별회 날 밤, 그녀는 이백 명의 친구들을 초대해 밤새도록 파티를 벌였다.

"우리가 마실 수 없는 건 전부 놓고 갈게요." 그녀는 포르투갈 산 고급 와인이 잔뜩 쌓인 식료품 창고를 가리키며 오를란두에게 말했다. "다 마셔버리세요. 공산당 놈들이 축배를 들 술이 남아 있지 않아야 해요."

석 달 뒤, 아파트 건물은 거의 텅 비었다. 루도는 수많은 와인과 맥주 상자, 통조림, 햄, 소금에 절인 대구, 몇 킬로그램에 달하는 소금과 설탕, 밀가루 포대, 그리고 무수히 많은 청소도구와 위생용품을 어디에 두어야 할지 막막했다. 오를란두는 스포츠카 수집가인 친구로부터 쉐보레 콜벳과 알파 로메오 GTA를 받았다. 아파트 열쇠를 내어준 사람도 있었다.

"난 운이라곤 지지리도 없지."

오를란두는 자매에게 불평했는데 그게 비꼬는 말인지 진심으로 하는 소리인지 알 수 없었다.

"이제야 차랑 아파트를 갖게 되었는데 공산당 놈들이 와서 모조리 뺏어갈 테니 말이야."

루도는 라디오를 켰다. 혁명을 외치는 소리가 집안 가득 울려 퍼졌다.

"우리 국민의 힘으로 일군 일입니다."

당시에 가장 인기 있는 가수가 계속해서 반복했다.

"형제여" 그는 다른 노래도 불렀다.

“형제를 사랑하라 / 피부색에 개의치 말고 / 그저 같은 앙골라인으로 보아라 / 우리 앙골라인이 뭉치면 / 독립의 날이 곧 찾아올지니”

음정과 가사가 잘 맞지 않는 부분도 있었다. 다른 시대의 노래, 고대 황혼의 빛처럼 슬픈 발라드를 가져다 쓴 것 같았다. 루도는 커튼으로 몸을 반쯤 가리고 창밖을 내다보았다. 남자들을 가득 실은 트럭 한 대가 지나가고 있었다. 몇 명은 깃발을 흔들었고 다른 이들은 슬로건이 적힌 배너를 손에 쥐고 있었다.

완전 독립!
500년의 식민지 탄압이면 충분하지 않느냐!
우리는 미래를 원한다!

문장마다 끝에 느낌표가 찍혀있었다. 느낌표는 시위대가 쥐고 있는 마체테(날이 넓고 무거운 칼)와 뒤엉켜 있었다. 깃발과 배너에도 마체테가 번쩍이고 있었다. 어떤 이들은 양손에 쥔 마체테를 하늘 높이 치켜들기도 했다. 그들은 떠들썩한 외침 속에 양 칼을 챙챙 부딪쳤다.

어느 날 밤, 루도는 꿈을 꾸었다. 루안다 거리 아래, 아랫동네의 화려한 저택 아래, 터널이 끝없이 나 있었다. 나무뿌리가 터널을 지나 그 아래까지 쭉 뻗어 있었다. 지하에는 수천 명의 사람이 진흙과 어둠에 갇힌 채 살고 있었다. 이들은 부르주아들이 하수관에 던져주는 것을 되는대로 받아먹었다. 루도는 이들 사이를 가로질러 걸어갔다. 남자들이 마체테를 휘둘렀다. 양손에 쥔 칼을 챙챙 하며 부딪쳤고 그 소리가 터널 안에 울려 퍼졌다. 그중 한 남자가 루도의 코앞까지 더러운 얼굴을 들이밀며 미소를 지었다. 그러고는 깊고 나긋나긋한 목소리로 그녀의 귀에 속삭였다.

"너희의 바닥이 우리의 하늘이다."

하찮은 죽음을 위한 자장가

오데트는 오를란두에게 앙골라를 떠나자고 고집을 부렸다. 오를란두는 투덜대며 냉정한 말들로 대꾸했다. 사실 자매는 원한다면 떠날 수 있었다. 이곳이 그들의 고향도 아니었고, 그들이 이곳에 머물기를 원하는 사람은 아무도 없었다. 한 시대가 막을 내리고 새로운 시대가 시작되고 있었다. 상황이 좋아지든 나빠지든 포르투갈인들은 미래의 빛으로부터 혜택을 보지도, 거센 폭풍에 시달리지도 않을 터였다. 오데트와 오를란두가 얘기를 나눌수록 오를란두는 더욱 화가 났다. 그는 아프리카인들을 대상으로 한 범죄를 비롯해 과오, 부당행위, 불명예스러운 사건들에 대해 몇 시간이고 얘기할 수 있었다. 마침내 오데트는 남편을 설득하는 것을 포기하고 눈물을 훔치며 손님방으로 들어가 문을 닫아 버렸다. 하지만 앙골라가 독립하기 이틀 전, 오를란두는 집에 돌아와서는 난데없이 일주일 후에 리스본으로 떠날 거라고 선언했다. 깜짝 놀란 그녀는 눈을 크게 떴다.

"왜 갑자기 떠나는 거죠?"

오를란두는 거실에 있는 안락의자에 앉았다. 그는 넥타이를 벗고 셔츠의 단추를 풀더니, 그답지 않은 동작으로, 신발을 벗고는 작은 커피테이블에 발을 올려놓았다.

"떠날 수 있으니까. 이제는 갈 수 있으니까."

다음날 밤, 부부는 또 다른 송별회에 참석했다. 루도는 새벽 두 시까지 책을 읽고 뜨개질을 하면서 그들이 오기만을 기다렸다. 그녀는 걱정하는 마음으로 잠자리에 들었지만, 불안해서 제대로 잘 수가 없었다. 아침 7시, 루도는 자리에서 일어나 가운을 입고 언니를 불렀다. 아무런 대답이 없었다. 루도는 그들한테 뭔가 끔찍한 일이 생겼다고 확신했다. 그녀는 한 시간을 더 기다려보다 부부의 주소록을 펼쳤다. 가장 먼저 지난밤 송별회를 주최한 누네즈스 부부네 집에 전화를 걸었다. 하인이 전화를 받았다. 주인은 이미 공항으로 떠났다고 했다. 오를란두 씨와 그의 부인은 분명 파티에 참석했으나 오래 머물지는 않았다고 했다. 그는 오를란두 씨가 그렇게 기분 좋아 보인 건 처음이라고도 했다. 루도는 고맙다고 말하며 전화를 끊었다. 다시 주소록을 펼쳤다. 언니는 루안다를 떠난 친구들의 이름을 빨간색으로 직 그어놓았다. 아직 여기 남아 있는 친구가 얼마 안 되었다. 세 명만이 전화를 받았고, 그마저 부부의 소식을 아는 이는 없었다. 그 중 살바도르 코레이아 고등학교의 수학 선생님은 친구 중에 경찰이 있다며 한번 도움을 청해보고 뭔가 알아내면 바로 전화를 주겠다고 했다.

몇 시간이 흘렀다. 총소리가 들렸다. 처음에는 드문드문 나다가 나중엔 타닥거리는 수십 대의 기관총 소리가 났다. 전화벨이 울렸다. 배경 좋은 집안에서 자란 듯한 앳된 목소리의 남자가 리스본 억양으로 오데트의 동생이냐고 물었다.

"도대체 무슨 일이죠?"

"부인, 진정하세요. 우리가 원하는 건 보석뿐이오."

"보석이라니요?"

"무슨 말인지 잘 알지 않소. 보석을 주기만 하면 귀찮게 하지 않으리다. 당신과 언니 모두 아무 일 없을 거요. 원한다면 당신네는 다음 비행기를 타고 포르투갈로 떠날 수도 있을 거요."

"대체 언니랑 형부한테 무슨 짓을 한 거죠?"

"그 형부란 자가 무책임한 짓을 했지 뭐요. 어리석음을 용기로 착각하는 부류들이 있지. 나는 포르투갈 군인 장교요. 나를 속이려는 사람을 별로 좋아하지 않는다오."

"언니한테 무슨 짓을 한 거예요? 저희 언니한테 대체 무슨 짓을 했느냐고요?"

"시간이 얼마 없소. 좋게 끝날지 안 좋게 끝날지는 당신한테 달렸소."

"무슨 말씀을 하시는지 모르겠어요. 정말이지 모르겠다고요…."

"이보시오, 언니를 다시 보고 싶지 않소? 그렇다면 아무한테도 얘기하지 말고 집에 얌전히 있는 게 좋을 거요. 일이 좀 진정이 되면 우리가 보석을 가지러 아파트로 가겠소. 물건을 건네주면 언니를 풀어주지."

남자는 이렇게 말하고 전화를 끊었다. 밤이 깊었다. 총알이 밤하늘을 가로질렀고 폭발 소리에 창유리가 흔들렸다. 팬텀은 소파 뒤에 숨어서 나직이 낑낑거렸다. 루도는 어지러웠다. 화장실로 달려가 변기에 속을 게워낸 뒤 부들부들 떨며 바닥에 주저앉았다. 기력을 찾자마자 곧장 형부의 서재로 갔다. 그녀는 닷새마다 한 번씩 서재에 들어가 먼지를 털고 바닥을 쓸곤 했다. 형부는 서재에 있는 자신의 책상을 꽤 자랑스럽게 여겼다. 어느 포르투갈 골동품 상인에게서 구매했다는 음침하고 허술한 가구였다. 루도는 서랍의 첫 번째 칸을 열어보려 했지만 꿈

쩍도 하지 않았다. 망치를 가져와 세 번을 내리친 뒤에야 서랍이 쪼개지며 열렸다. 포르노 잡지가 보였다. 그녀는 역겨워하며 잡지를 한쪽으로 치웠다. 그 아래에 백 달러짜리 돈뭉치와 총이 보였다. 루도는 양손으로 총을 들어 총의 무게를 느껴보았다. 그러고는 총을 쓰다듬었다. 마치 살아 있는 듯한 단단하고 어두운 물건. 사람들이 서로를 죽이기 위해 사용하는 물건이었다. 그녀는 아파트를 샅샅이 뒤졌지만 보석은 어디에도 없었다. 결국 루도는 거실 소파에 드러누워 잠이 들었다. 하지만 얼마 안 가 그녀는 깜짝 놀라서 잠에서 깨어났다. 팬텀이 그녀의 옷자락을 물고 잡아당기면서 으르렁거리고 있었다. 바닷바람에 부드러운 레이스 커튼이 살짝 들렸고 밤하늘에는 별들이 떠 있었다. 적막 때문에 어둠이 한층 고조되었다. 그때, 복도 쪽에서 말소리가 들려왔다. 루도는 자리에서 일어나 맨발로 현관문으로 걸어가 작은 구멍을 통해 밖을 내다봤다. 엘리베이터 옆에서 남자 셋이 낮은 목소리로 언쟁을 벌이고 있었다. 한 남자가 쇠지레로 그녀가 있는 문 쪽을 가리켰다.

"개였어, 확실해. 개가 짖는 소리를 들었다니까."

"대체 무슨 소리야, 민구이투?"

지나치게 크고 긴 군용 재킷을 입고 있는 왜소하고 삐쩍 마른 남자가 그에게 항의했다.

"여긴 아무도 없다고. 정착민들은 모두 떠났어. 자, 이제 얼른 저 문을 부수라고."

민구이투가 문 쪽으로 다가오자 루도는 뒤로 물러났다. 이내 쾅 하는 소리가 들렸고 그녀는 아무 생각 없이 쾅 하고 맞받아쳤다. 숨이 찼다. 잠시 정적이 흐르더니 문밖에서 누군가 소리쳤다.

"안에 누구 있어요?"

"저리 가세요."

웃음소리가 들려왔다. 같은 목소리의 남자가 말했다.

"이런, 사람이 한 명 있군! 이봐요, 아줌마. 다들 떠났는데 거기서 뭐하세요?"

"제발 가세요."

"그러지 말고 문 열어요, 우린 원래 우리 것을 도로 가져가려는 것뿐이에요. 당신네는 우리한테서 오백 년이나 도둑질을 해갔잖아요. 훔쳐갔으면 돌려줘야지."

"나한테 총이 있어요. 아무도 못 들어온다고요."

"아줌마, 진정하시고. 우리는 보석이랑 돈 조금이면 돼요. 바로 떠날 거예요. 우리한테도 엄마가 있다고요."

"안돼요. 열지 않을 거예요."

"별수 없지. 민구이투, 부숴버려."

루도는 오를란두의 서재로 달려가 총을 집어 들고는 거실로 나와 문 쪽으로 총을 겨눈 채 방아쇠를 당겼다. 그녀는 총성이 울려 퍼지던 이 순간을 그 후 35년 동안 매일같이 기억했다. 탕! 하면서 총에서 느껴지던 미동, 손목으로 순식간에 전해지던 통증까지.

그때 그녀가 총을 쏘지 않았더라면 그녀의 삶은 어떻게 달라졌을까?

"으악, 피…. 아줌마, 정말로 날 죽이려고 한 거야?"

"트리니타! 이 자식아, 괜찮아?"

"여기서 나가자, 얼른…."

상당히 가까운 도로에서 총소리가 들렸다. 총성은 또 다른 총성을 끌어들인다. 누군가 총을 쏘면 수많은 총소리가 그 뒤를 따른다. 전쟁 중인 나라에서는 고장난 자동차의 배기가스 배출 소리든 폭죽소리든 쾅 하는 소리만 나도 모두 긴장하기 마련이다. 루도는 현관문으로 다가가 총알 때문에 구멍이 난 문에 귀를 갖다 댔다. 부상당한 남자의 신음 소리가 들렸다.

"무, 물 좀 주세요, 아줌마. 도와줘요."

"그럴 수 없어요…. 난 못해요."

"제발요, 이러다 죽겠어요."

그녀는 문을 열었다. 심하게 떨고 있었지만 총만은 절대로 손에서 놓지 않았다. 강도는 벽에 몸을 기댄 채로 바닥에 앉아 있었다. 짙은 검은색 턱수염이 없었다면 영락없이 아이로 보였으리라. 어린아이같이 작은 얼굴은 땀범벅이 되어 있었고 그녀를 바라보는 커다란 눈 속에 원망은 깃들어 있지 않았다.

"제길, 운도 지지리 없지. 이 두 눈으로 독립을 보지 못하다니."

"미안해요, 일부러 그런 건 아니었어요."

"물 좀요. 목말라 죽겠어요."

루도는 겁먹은 표정으로 복도를 힐끗 쳐다보았다.

"안으로 들어와요. 여기는 위험해요."

남자는 신음 소리를 내며 몸을 질질 끌면서 안으로 들어왔다. 그가 바닥을 가로질러가자 벽에는 두 번째 그림자가 드리워졌다. 하나의 어둠이 다른 어둠으로부터 떨어져 나가고 있었다. 루도는 맨발로 바닥에 드리워진 첫 번째 그림자를 밟는 바람에 미끄러지고 말았다.

"엄마야!"

"미안해요, 아줌마. 내 피 때문에 바닥이 엉망이 되었네요."

루도는 문을 걸어 잠그고 부엌 안에서 차가운 물을 꺼내어 유리잔에 따른 뒤 거실로 돌아왔다. 남자는 물을 벌컥 들이켰다.

"제가 필요한 것은 바로 이 신선한 물 조금뿐이에요."

"의사를 불러야겠어요."

“소용없어요. 어쨌든 전 죽을 목숨이었어요. 노래 좀 불러줄래요, 아줌마?”

“네?”

“노래요. 노래를 불러줘요. 솜털처럼 부드러운 그런 노래요.”

루도는 아버지가 그녀를 재울 때 리우데자네이루의 옛 유행가를 불러줬던 것을 떠올렸다. 그녀는 나무 바닥 위에 총을 내려놓고 무릎을 꿇은 뒤 강도의 조그마한 양손을 잡고 그의 귀에 입을 가까이 대고는 노래를 불렀다.

그녀는 한참 동안 노래를 불렀다.

동이 트자마자 루도는 용기를 내어 죽은 남자의 시신을 들어 올렸다. 별로 무겁지 않았다. 그녀는 시신을 테라스로 옮겼다. 삽을 가져와 노란 장미가 피어있는 화단 한쪽에 얕게 무덤을 팠다.

몇 달 전, 오를란두는 테라스에 작은 수영장을 만들기 시작했는데 전쟁 때문에 작업이 중단된 상태였다. 인부들은 벽돌 더미를 비롯해 시멘트와 흙이 담긴 포대를 벽에 기대 놓은 채로 떠났다. 루도는 포대 일부를 계단 아래로 끌고 내려와 현관을 열고 밖으로 나갔다. 그러고는 복도에 벽을 쌓아 아파트를 건물의 다른 집들과 완전히 분리하기 시작했다. 그렇게 오전 내내 그 일을 했다. 벽돌을 다 쌓아 올린 뒤 시멘트를 매끄럽게 훔치고 나서야 그녀는 허기와 갈증을 느꼈다. 수프를 데

워서 식탁에 앉아 천천히 먹었다. 남은 통닭은 팬텀에게 주었다.

“이제 남은 건 너랑 나뿐이구나.”

팬텀은 그녀에게 다가가 손가락을 핥았다.

현관문에 묻은 피가 말라붙어 검은색 얼룩이 되어 있었다. 그곳에서 부엌까지 피 묻은 발자국이 나 있었다. 팬텀이 발자국을 핥기 시작했다. 루도는 팬텀을 밀쳐내고는 물이 든 양동이와 비누와 솔을 가져와 발자국을 모두 지워버렸다. 작업을 마친 뒤에는 따뜻한 물로 샤워했다. 그녀가 욕조에서 나왔을 때 전화벨이 울렸다. 그녀는 수화기를 들었다.

“어제 물건을 챙기러 가려고 했는데 일이 터지는 바람에 일이 꼬였소. 곧 갈 테니 기다리시오.”

루도는 아무 말 없이 수화기를 내려놓았다. 전화벨이 다시 울렸다. 잠시 그치는가 싶더니 그녀가 몸을 돌리기가 무섭게 마치 관심을 좀 가져달라는 듯 다시 요란한 소리를 내기 시작했다. 팬텀이 부엌에서 나와 전화기 주위를 빙빙 돌면서 전화벨이 울릴 때마다 사납게 짖어댔다. 그러다 별안간 탁자 위에 껑충 뛰어올라 수화기를 떨어뜨렸다. 쿵 하고 큰 소리가 났다. 루도는 검은색 전화기를 흔들어보았다. 안에서 뭔가가 떨어져 나갔다. 루도는 미소를 지었다.

"고마워, 팬텀. 이제 더는 우리를 귀찮게 하지 않을 거야."

밤이 되었지만 여전히 소란스러운 바깥에서는 로켓포와 박격포의 폭발음이 들렸다. 차들이 경적을 울려댔다. 창밖을 바라보니 사람들이 길을 따라 걸어가고 있었다. 극도의 희열이 광장을 가득 메우고 있었다. 그녀는 방으로 들어가 문을 닫은 뒤 침대 위로 몸을 누이고 베개에 얼굴을 묻었다. 루도는 아주 먼 곳에 있는 자신을 상상하려고 노력했다. 예전에 살던 아베이로의 안전한 집에서 차를 마시고 토스트를 먹으며 TV에서 나오는 옛날 영화를 보고 있는 자신의 모습을. 하지만 이제는 더 이상 그럴 수 없었다.

운이 없던 군인들

두 남자는 애써 긴장을 감추고 있었다. 길고 부스스한 머리에 가느다란 수염을 기른 그들은 밝은색 셔츠에 나팔바지를 입고 목이 긴 군화를 신고 있었다. 둘 중 젊은 벤자밍은 요란하게 휘파람을 불며 차를 몰고 있었다. 제레미아스 카하스쿠는 옆자리에 앉아 시가를 물고 있었다. 그들은 군인들을 실은 평상형 트럭을 지나쳤다. 군인들이 나른한 표정으로 승리의 브이를 날리며 그들에게 손을 흔들어댔다. 두 남자도 똑같이 화답했다.

"쿠바 놈들!" 제레미아스가 으르렁댔다. "빌어먹을 공산당 놈들."

그들은 '프레지우 두스 인베자도스' 건물 바깥에 차를 댄 뒤 내렸다. 한 거지가 건물 입구를 가로막고 있었다.

"안녕하시오, 동무들."

"젠장, 넌 뭐야?" 제레미아스가 버럭 화를 냈다. "감히 백인에게 돈을 구걸해? 그 시절은 끝났어. 아프리카에서 사회주의의 최전선에 있는 앙골라 독립국에서 거지 따위가 있어선 안 되지. 거지는 목이 잘려야 한다고."

그는 거지를 거칠게 밀치고 건물 안으로 들어갔다. 벤자밍이 그 뒤를 따랐다. 엘리베이터를 타고 11층으로 올라간 그들은 최근에 생긴 듯한 벽이 불쑥 나타나는 바람에 깜짝 놀라 멈춰 섰다.

"젠장 이게 뭐야? 나라 돌아가는 꼴 하고는!"

"제대로 온 거 맞습니까? 확실해요?"

"확실하냐고?"

제레미아스는 미소를 지었다. 그는 반대쪽 문을 가리켰다.

"여기, 일레븐-E가 바로 히티나가 살았던 곳이지. 히티나는 루안다에서 최고의 다리와 죽이는 엉덩이를 가진 여자지. 그녀를 만나보지 못한 걸 행운으로 알라고. 그녀를 한 번이라도 만나본 남자는 다른 어떤 여자를 만나도 실망스럽고 씁쓸한 마음을 감출 수 없거든. 마치 아프리카 하늘처럼 말이야." 제레미아스는 흥얼거렸다. "저들이 저를 내쫓는다면, 주여, 저는 어디로 가야 합니까?"

"무슨 말씀이신지 알겠습니다, 대령님. 그나저나 이제 어떻게 해야 하죠?"

"곡괭이를 들고 와서 이 벽을 부수자고."

그들은 엘리베이터를 타고 다시 밑으로 내려갔다. 아까 그 거지가 무장군인 다섯 명과 함께 그들을 기다리고 있었다.

"저자들이에요, 몬트 동무."

몬트라고 불리는 남자가 앞으로 걸어 나와 제레미아스를 맞았다. 그의 목소리는 호리호리한 체격과는 대조적으로 야무지고 강렬했다.
"셔츠 소매 좀 걷읍시다, 동무? 그렇소, 오른쪽 소매요. 팔목 좀 보여주시오."

"내가 왜 그래야 하지?"

"제가 친절하게 부탁하기 때문이죠, 향수 장수처럼 아주 친절히 말이오.”

제레미아스는 웃었다. 그는 셔츠 소매를 걷어 올려 문신을 보여줬다. ‘Audaces Fortuna Juvat.(행운은 용감한 자의 것이다.)’라고 쓰여 있었다.

“당신이 보고 싶은 게 이거요?”

“그거면 됐소, 대위. 아무래도 동무의 행운은 여기까지인 것 같소. 이렇게 혼란스러운 시기에 두 백인 남자가 포르투갈 군화를 신고 거리를 활보하는 건 지나치게 대담한 행동이 아닌가 싶소.”

그는 무장한 남자 두 명에게 포르투갈 용병들을 묶을 밧줄을 가져오라고 명령했다. 그들은 두 사람의 손을 등 뒤로 묶고는 낡아빠진 토요타 코롤라에 밀어 넣었다. 무리 중 한 사람이 조수석에 타고 몬트가 운전대를 잡았다. 나머지는 군용 지프차를 타고 뒤를 따랐다. 벤자밍은 무릎 사이로 고개를 파묻었다. 새어 나오는 눈물을 멈출 수 없었다. 제레미아스는 신경질을 내며 어깨로 그를 툭 쳤다.

“그만 좀 징징대. 포르투갈 군인이 그래서 되겠어?”
몬트가 끼어들었다.

“어린 친구는 내버려 두지 그래. 애초에 어린놈을 이 나라에 데리고 온 건 당신 잘못이니깐. 당신은 말이야, 미국 제국주의를 위해 봉사하는, 창녀보다 못한 놈이야. 부끄러운 줄 알아야지."

"쿠바인들은 어떻고? 그들도 용병 아닌가?"

"우리 쿠바 동지들은 돈 때문에 앙골라에 오진 않지. 신념 때문에 오는 거지."

"나도 내 신념 때문에 앙골라에 있는 것이다. 소련 제국주의에 맞서 서구 문명을 위해 투쟁하는 거지. 포르투갈의 생존을 위해 싸우는 거라고."

"염병, 어디서 개수작은. 누가 그 말을 믿을 것 같나? 네 어미도 안 믿겠다. 그나저나 히타가 살던 건물에선 뭘 하고 있었나?"

"잠깐, 히타를 아나?"

"히타 코스타 레이스? 히티나말인가? 루안다에서 최고의 다리를 가진 여자지."

그들 사이에 앙골라 여자들에 대한 유쾌한 대화가 오갔다. 제레미아스는 루안다 여자들이 매력적이긴 하지만 누가 뭐래도 벵겔라의 물라토(중남미에 사는 백인과 흑인의 혼혈 인종) 여자가 최고라고 덧붙였다. 몬트는 히쿠이타 바우레트를 언급했다. 모사메드스 지역의 가장 오래된 집안에서 태어난, 1971년 당시 미스포르투갈로 불린 여자였다. 제레미아스도 동의했다. 단 하루라도 그녀의 검은 눈동자를 보며 잠에서 깨어날 수만 있다면 인생을 송두리째 걸어도 아깝지 않았다. 조수석에 앉아 있던 남자가 대화에 끼어들었다.

"여기입니다 대장. 다 왔습니다."

어느새 그들은 도시에서 벗어나 있었다. 높은 담벼락 주위로 넓고 탁 트인 공간이 보였다. 한쪽 끝에는 바오밥 나무들이 있었고 그 뒤로 깨끗하고 푸른 지평선이 보였다. 그들은 차에서 내렸다. 몬트는 두 용병의 밧줄을 풀고는 자세를 바로 했다.

"캡틴 제레미아스 카하스쿠…. 카하스쿠라, '사형집행인'이란 뜻인가? 별명 같아 보이는군. 네놈은 숱한 범죄를 저질렀다. 수많은 앙골라 독립주의자를 고문하고 살해했지. 우리 동무 중엔 네놈을 법정에 세우고 싶어 하는 이들도 있지만 굳이 재판까지 하느라 시간 낭비할 필요는 없다고 본다. 이미 네놈이 유죄라는 게 밝혀졌거든."

제레미아스는 웃었다.

"유죄? 지랄하고 있네. 네놈도, 심지어 네 어미도 믿지 못할 소리 따위 집어치우고 우리를 그만 풀어주지. 그럼 다이아몬드를 한 움큼 주겠다. 훌륭한 보석이지. 자넨 여길 떠나 어디에서든 새로운 인생을 살 수 있을 거야. 어떤 여자든 가질 수 있고 말이지."

"고맙지만 난 이곳을 떠날 생각이 없는데. 원하는 여자는 이미 우리 집에 같이 살고 있고. 잘 가게, 어디를 가든 재미나게 사시길…."

몬트는 차를 향해 걸어갔다. 군인들이 두 용병을 벽에 밀어붙이고는 뒤로 몇 발자국 물러났다. 그러자 군인 한 명이 벨트에서 권총을 빼든 다음, 귀찮다는 듯 무심히 그들을 향해 총을 겨누고 세 발을 쏘았다. 제레미아스 카하스쿠는 등이 땅에 닿으며 쓰러졌다. 하늘 위로 새들이 날아가는 게 보였다. 총알이 곳곳에 박힌 피투성이 벽에 붉은 잉크로 새겨진 문구가 그의 눈에 들어왔다.

투쟁은 계속된다.

두려움의 실체

나는 창문 밖의 것들이 두렵다.
불쑥 들어오는 공기와 그 속에 실려 오는 소음이 두렵다.
모기를 비롯해 이름 모를 수많은 벌레가 두렵다.
나는 급류 속에 빠진 새처럼 모든 것이 낯설다.

나는 밖에서 들리는 언어,
라디오를 통해 이 집으로 들어오는 언어를 이해할 수 없다.
포르투갈어로 말하는 것처럼 들릴 때도
저들이 사용하는 포르투갈어가 이제는 내 언어가 아니므로
무슨 말을 하는지 이해할 수 없다.

빛조차 낯설게 느껴진다.

너무나 강한 빛.

정상적인 하늘에서는 나타날 수 없는 특정한 빛깔들.

나는 바깥세상에 사는 사람들보다 함께 사는 개와 더 가깝다.

전쟁이 끝난 뒤

전쟁이 끝나고, 시간은 더디게 흘러갔다. 적어도 루도는 그렇게 느꼈다. 1976년 2월 23일, 그녀는 열 권의 일기장 중 첫 번째 일기장에 이렇게 적었다.

오늘은 아무 일도 일어나지 않았다. 나는 잠을 잤다.
자는 동안, 자는 꿈을 꾸었다.
나무들, 작은 동물들, 수많은 곤충이 자신들의 꿈을
나와 함께 공유했다. 우리는 비좁은 방에 빽빽이 들어찬 무리처럼,
생각과 냄새, 애정을 주고받으며 다 같이 꿈을 꾸었다.
나는 먹이를 향해 전진하는 거미였으며
동시에 그 거미줄에 걸린 파리였던 걸로 기억한다.
나는 햇살을 받아 만개한 꽃과 산들바람에 흩날리는 꽃가루를 느

꼈다.

잠에서 깨자 나는 혼자였다. 만약 자면서도 자는 꿈을 꿀 수 있다면, 깨어났을 때 의식이 더 또렷한 상태로 깨어날 수 있을까?

어느 날 아침, 루도는 잠자리에서 일어나 수도꼭지를 틀었다. 물이 나오지 않았다. 덜컥 겁이 났다. 처음으로 이 아파트에 너무 오래 갇혀 있었나, 하는 생각이 들었다. 식료품 창고에 있는 재고들을 살펴보았다. 소금은 걱정할 필요가 없을 만큼 넉넉했다. 밀가루도 몇 달은 버틸 수 있을 만큼 충분했고 콩, 설탕, 와인, 청량음료, 정어리, 소시지 통조림도 마찬가지였다.

그날 밤 비가 내렸다. 루도는 우산을 펼치고 빈 병과 양동이, 대야를 손에 든 채 테라스로 나갔다. 다음 날 아침 일찍, 그녀는 부겐빌레아 꽃과 장식화를 꺾었다. 그리고 조그마한 강도를 묻었던 화단에 레몬 씨를 한 줌 심었다. 다른 네 개의 화단에는 옥수수나 콩을 심었고 또 다른 다섯 개의 화단에는 마지막으로 남은 감자들을 심었다. 바나나 나무 한 그루에 제법 큰 바나나 송이가 열려 있었다. 그녀는 몇 개를 따서 부엌으로 가지고 갔다. 그러고는 팬텀에게 보여주었다.

"보이니? 형부는 추억을 떠올리려고 바나나 나무를 심어놓았어. 덕분에 우린 굶을 일이 없을 거야. 정확히 말하면 내가 굶을 일은 없을 거란 말이지. 네가 바나나를 좋아할진 모르겠구나."

다음날, 물이 다시 나오기 시작했다. 그날 이후부터 물이 나오지 않는 날이 잦아졌고 결국 아예 끊겨버렸다. 전기도 마찬가지였다. 처음 몇 주 동안은 수도 공급 단절보다 정전이 더 문제였다. 루도는 라디오가 그리웠다. 그녀는 BBC나 포르투갈 라디오의 국제 뉴스 방송을 즐겨 듣곤 했다. 앙골라 방송도 듣긴 했지만 식민주의와 신식민주의, 반동 세력을 끊임없이 비난하는 목소리는 듣기 거북했다. 아르데코 양식의 나무 덮개에 들어 있는 라디오에는 상아로 된 버튼이 달려 있었는데, 이 버튼을 누르면 마치 도시처럼 라디오에 불이 번쩍 들어왔다. 루도는 다른 이의 음성을 찾아 라디오의 채널을 돌리곤 했다. 그러면 프랑스어와 영어, 혹은 알아듣기 힘든 아프리카 언어가 띄엄띄엄 들리곤 했다.

… Israeli commandos rescue airliner hostages at Entebbe …

… Mao Tse-tung est mort …

… Combatants de l'indépendance aujourd'hui victorieux …

… Nzambe azali bolingo mpe atonda na boboto …

아파트에는 전축도 있었다. 오를란두는 자크 브렐, 샤를 아즈나부르, 세르주 레지아니, 조르주 브라상, 레오 페레 같은 샹송 가수들의 LP를 수집하곤 했다. 루도는 바다가 빛을 삼켜버릴 때면 브렐의 음악을 듣곤 했다. 도시는 잠들고 그녀는 이름들을 기억하려고 애쓴다. 여전히 이글거리는 태양의 일부, 조금씩 찾아오는 밤. 시간은 정처 없이 흐른다. 몸은 지쳐가고 밤은 파란색에서 또 다른 파란색으로 변해간다. 그녀의 신장을 짓누르는 피로. 루도는 왕비가 되는 상상을 해본다. 어디에선가 누군가가 왕비를 기다리는 것처럼 자신을 기다리고 있을 수도 있다고 생각해 본다. 하지만 그녀를 기다리고 있는 이는 이 세상에 아무도 없었다. 잠든 도시, 새 같은 파도, 파도 같은 새, 그리고 여자 같은 여자. 루도는 여자가 남자의 미래라는 말을 전혀 믿지 않는다.

어느 날 오후, 루도는 왁자지껄한 소리에 잠에서 깼다. 집에 또 누가 들이닥칠 것 같아 허둥지둥 자리에서 일어났다. 거실은 히타 코스타 레이스의 집과 인접해 있었다. 그녀는 거실 벽에 귀를 갖다 댔다. 여자 두 명과 남자 한 명, 아이들 여러 명의 목소리가 들렸다. 남자의 목소리는 크면서도 나긋나긋해 듣기 좋았다. 그들은 그녀가 가끔 라디오에서 듣곤 했던, 알아듣기 힘들지만 선율이 있는 언어로 대화를 나눴다. 이 요상한 언어는 그녀의 머릿속에서 앞뒤로 통통 튀는 색깔 공처럼, 무리에서 떨어져 나와 튀어 올랐다.

Bolingô. Bisô. Matindi.

프레지우 두스 인베자도스는 새로운 주민들이 도착하기 시작하면서 활기를 띠었다. 루안다 변두리의 빈민가에 살던 사람들, 이제 막 도시에 도착한 시골 사람들, 인근 자이르(콩고민주공화국의 옛 이름)에서 최근 앙골라로 돌아온 앙골라인들, 그리고 자이르인들이었다. 아파트에 살아본 사람은 아무도 없었다. 어느 날 아침, 루도가 침실 창밖을 내다보자 어떤 여자가 10-A호 발코니에서 오줌을 누고 있었다. 10-D호의 발코니에서는 닭 다섯 마리가 해가 뜨는 것을 바라보고 있었다. 건물 뒤쪽으로는 넓은 마당이 내려다보였다. 이 마당은 불과 몇 달 전만 해도 주차장으로 쓰였다. 높은 아파트 건물들의 측면과 정면 쪽에는 공간이 있었는데, 무성하게 자란 식물이 공간 전체를 잠식한 상태였다. 중앙에 군데군데 난 균열 사이로 솟아오른 물은 제멋대로 흘러가다가 건물 벽에 쌓인 쓰레기 더미와 진흙 사이를 통과하면서 차츰 줄기가 약해졌다. 이곳에는 한때 석호가 있었다. 오를란두는 어린 꼬마였던 그가 석호 주위의 길게 자란 풀밭에서 친구들과 뛰놀던 1930년대를 떠올리기를 좋아했다. 오를란두와 친구들은 악어 뼈와 하마 뼈를 발견하곤 했다. 운이 좋으면 사자 두개골도 찾을 수 있었다. 루도는 석호가 되살아나는 것을 목격했다. 심지어 하마들이 돌아오는 것도 보았다.(엄연히 말하면 하마 한 마리가 되겠다.) 하마는 몇 년 후에 등장하는데, 이 이야기는 나중에 설명하겠다.

앙골라가 독립한 후 몇 개월 동안 루도와 팬텀은 참치와 정어, 소시지와 초리조(돼지고기와 비계, 마늘, 빨간 파프리카 가루를 사용하여 만든 스페인의 대표적인 소시지)를 나눠 먹었다. 통조림이 바닥나자 콩 수프와 쌀을 먹었다. 이쯤 되자 온종일 전기가 들어오지 않았다. 루도는 부엌에 작은 모닥불을 피웠다. 처음에는 상자와 안 쓰는 종이, 마른 부겐빌레아 가지들을 태웠다. 그 다음에는 쓸모없어진 가구를 몇 점 태웠다. 2인용 침대의 가로장을 떼어냈을 때, 매트리스 아래에 작은 가죽 지갑이 놓여 있는 게 보였다. 루도가 지갑을 열었더니 아니나 다를까, 작은 보석 수십 개가 바닥으로 굴러떨어졌다. 침대와 의자를 태우고 난 뒤에는 바닥 타일을 뜯어내기 시작했다. 질고 묵직한 나무들이 활활 타오르는 화염 속에서 천천히 타들어 갔다. 처음에는 성냥을 사용해 불을 지폈다. 그러다 성냥이 바닥나자 오를란두가 진귀한 우표 수집품을 들여다볼 때 사용했던 돋보기를 사용했다. 루도는 오전 10시쯤 부엌 바닥이 태양 빛으로 가득 찰 때까지 기다리곤 했다. 요리는 해가 쨍쨍한 날에만 할 수 있었다.

배고픔이 찾아왔다. 몇 주 아니 몇 달 동안, 루도는 거의 먹지를 못했다. 팬텀에게는 밀가루죽을 주었다. 밤과 낮의 경계가 사라졌다. 그녀가 잠에서 깨어나면 개는 간절한 눈으로 그녀를 바라보곤 했다. 자는 동안에도 팬텀의 헐떡이는 숨소리가 느껴졌다. 그녀는 부엌에서 가장 날카롭고 날이 긴 칼을 가져와 마치 검처럼 허리에 찼다. 자고 있는 팬텀 곁으로 다가가 몸을 숙였다. 몇 번이고 개의 목에 칼을 갖다 대었다.

날은 어두워졌고 이내 밝아졌다. 시작도 끝도 없는 공허감이 되풀이되었다. 정확히 언제인지 알 수 없는 그때, 테라스 쪽에서 바스락거리는 소리가 들렸다. 황급히 계단 위로 올라가 보니 팬텀이 비둘기 한 마리를 게걸스럽게 먹고 있었다. 그녀가 다가가 비둘기를 간신히 떼어내자 팬텀은 발톱으로 땅을 긁어대며 이빨을 드러냈다. 주둥이에 비둘기의 굳은 피와 깃털, 살점이 뒤엉켜 있었다. 야행성 동물 특유의 눈빛이 번뜩였다. 루도는 뒷걸음질쳤다. 간단한 덫을 설치해야겠다고 생각했다. 상자 하나를 뒤집어 잔가지 위에 놓고 아슬아슬하게 기울였다. 그런 다음 실 한 가닥을 잔가지에 묶고, 그늘진 곳에 다이아몬드를 두세 개 놓았다. 그녀는 두 시간이 넘도록 우산 뒤에서 낮게 웅크린 채 숨어 있었다. 마침내 비둘기 한 마리가 테라스 위에 내려앉았다. 비둘기는 술 취한 사람처럼 뒤뚱뒤뚱 걸어 들어왔다. 그러다가 뒷걸음질 치더니 날개를 파닥거리며 날아갔고 밝게 빛나는 하늘 속으로 사라져 버렸다. 오래지 않아 비둘기는 돌아왔다. 이번에는 덫 주변을 어슬렁거리더니 부리로 실을 쪼며 상자의 그늘진 쪽으로 걸어 들어갔다. 루도는 실을 잡아당겼다. 그날 오후 그녀는 비둘기 두 마리를 더 잡았다. 비둘기 고기를 먹고 나니 기운이 났다. 그 뒤로도 수개월 동안 그녀는 더 많은 비둘기를 잡았다.

오랫동안 비가 오지 않았다. 루도는 수영장에 고인 물을 떠서 화단에 물을 줬다. 마침내 낮게 깔린 구름의 차가운 장막(루안다에서는 이를 카심보라고 불렀다.)이 갈라지더니 다시금 비가 내렸다. 옥수수가 자랐다. 콩나무에는 꽃이 피고 콩이 열렸다. 석류나무에는 빨간 석류가 주렁주렁 맺혔다. 그 무렵 루안다 하늘 위로 날아다니는 비둘기의 수가 점차 줄어들었다. 그녀가 설치한 덫에 마지막으로 걸린 비둘기는 오른쪽 다리에 반지가 감겨 있었는데, 반지에는 작은 플라스틱 원통이 끼워져 있었다. 통을 열었더니 안에는 복권처럼 돌돌 말린 종이 쪼가리가 있었고, 종이에는 연보라색 잉크로 문장이 적혀 있었다. 작지만 야무진 글씨체였다.

내일 여섯 시, 늘 만나던 곳에서 만나요. 조심하고, 사랑하오.

그녀는 종잇조각을 말아 통에 도로 집어넣었다. 배고픔 때문에 속이 뒤집힐 것 같았다. 게다가 비둘기는 이미 보석을 한두 개 삼켜버린 상태였다. 이제 보석은 얼마 남지 않은 데다 몇 개는 미끼로 쓰기에 너무 컸다. 하지만 쪽지는 그녀의 호기심을 불러일으켰다. 갑자기 엄청난 힘이 샘솟는 것 같았다. 한 연인의 운명이 겁에 질려 펄떡이는 채로 그녀의 손에 놓여 있었다. 그녀는 날개 달린 이 운명을 손에 꼭 쥐고는 드넓은 하늘로 날려 보냈다. 그날 밤 그녀는 일기를 썼다.

비둘기를 기다리는 여자를 생각해 본다.

그녀는 우편물을 믿지 않는다. 아니면 더는 우편물을 주고받을 수 없게 되었나?

그녀는 전화도 믿지 않는다. 아니면 전화도 사용할 수 없게 되었나?

그녀는 사람도 믿지 않는다. 그것만은 확실하다.

인간성은 믿을 게 못 된다. 그녀가 비둘기를 손에 잡고 있는 모습을 상상해 본다. 내가 먼저 이 떨리는 두 손으로 비둘기를 잡고 있었던 건 모르겠지.

여자는 도망치고 싶어 한다. 무엇으로부터 도망치려는 건지는 알 수 없다.

분열되고 있는 이 나라로부터? 숨 막히는 결혼 생활로부터?

다른 사람의 신발처럼 발을 죄어오는 희망 없는 미래로부터?

나는 '비둘기를 죽여 버려.'라고 또 다른 쪽지를 적을까도 생각했다.

비둘기를 죽이면 다이아몬드를 건질 수 있을 테니.

어쩌면 그녀는 쪽지를 읽고 비둘기를 비둘기장에 돌려보낼지도 모른다.

아침 6시가 되면 그녀는 훤칠하고 용의주도하며 자상한 남자를 만나러 가겠지.

사랑의 도피를 준비하면서 어딘지 모르게 얼굴에 우울함이 깃든 그 남자를.

그녀와의 도피 행각으로 그는 고향에서 반역자로 낙인찍히게 될 테지.

사랑하는 여인으로부터 위안을 받으며 세상 이곳저곳을 떠돌겠지만 밤에 잠들기 위해서는 왼쪽 가슴에 항상 손을 올려야 하겠지.

여자는 그 몸짓을 눈치채고는 묻겠지.

"어디 아파요?"

그는 고개를 저으며 말하겠지.

"아니, 아무것도 아니야."

잃어버린 유년시절 때문에 아파한다는 걸 그가 어떻게 설명할 수 있을까?

나른한 토요일 아침이면, 루도는 침실 창밖으로 몸을 내밀어 10-D호 여자가 베란다에서 옥수수를 빻고 있는 모습을 보곤 했다. 이웃집 여자는 카사바(고구마와 비슷한 열대성 식물) 반죽을 만들기도 했다. 어떤 날은 생선을 굽기도 하고 통통한 닭다리 요리를 하기도 했다. 음식 냄새로 가득 찬 자욱한 연기가 그녀의 식욕을 자극했다. 오를란두는 앙골라 음식을 좋아했다. 하지만 루도는 흑인들이 먹는 음식은 단 한 번도 요리하지 않았다. 그랬던 자신이 이제 뼈저리게 후회가 되었다. 그녀는 요즘 구운 고기가 가장 먹고 싶었다. 그녀는 이웃집 베란다에 사는 닭들을 지켜보기 시작했다. 날이 밝으며 햇살이 비치기 시작하면 닭들은 자기 몸을 긁곤 했다. 그녀는 일요일 아침이 오기를 기다렸다. 모두가 잠든 시간이었다. 루도는 창밖으로 얼굴을 내밀어 끝부분을 올가미로 묶은 밧줄을 10-D호 베란다 쪽으로 내렸다. 15분 만에 몸집이 큰 검은 수탉의 목에 간신히 밧줄을 걸 수 있었다. 그녀는 밧줄을 홱 끌어당겨 닭을 위로 들어 올렸다. 놀랍게도 닭은 침실 바닥에 착지한 후에도 살아 있었다. 허리에 찬 식칼을 뽑아 닭의 목을 그으려던 순간, 갑자기 좋은 생각이 떠올랐다. 앞으로 몇 개월 동안 먹을 수 있는 옥수수와 콩, 바나나가 충분히 있었다. 거기에 수탉과 암탉이 있으면 알을 낳게 할 수 있었다. 매주 신선한 달걀을 먹을 수 있게 될지도 몰랐다. 그녀는 다시 밧줄을 아래로 내렸고 가까스로 암탉의 다리 한쪽을 밧줄에 걸 수 있었다. 가엾은 닭은 잔뜩 겁에 질려 난리를 쳤고 그 바람에 깃털과 솜털, 먼지가 휘날렸다. 잠시 후 이웃집에서 나는 비명이 건물의 정적을 깨웠다.

"도둑이야! 도둑이야!"

미끄러운 벽을 올라가 베란다의 닭을 훔치는 건 확실히 불가능한 일이었기에 이웃집 여자는 이내 겁에 질려 울부짖었다.

"마술… 마술이야…."

그러고는 바로 확신에 찬 목소리로 말했다.

"키안다… 키안다야…."

루도는 예전에 오를란두에게 키안다라 불리는 바다 여신에 관한 얘기를 들은 적이 있었다. 형부는 그녀에게 키안다와 인어의 차이점에 대해 설명해 주었다.

"키안다는 하나의 생명체로 선이 될 수도 악이 될 수도 있는 에너지야. 이 에너지는 바닷물의 빛깔, 파도, 성난 파도를 통해 모습을 드러내지. 어부들은 키안다에게 경의를 표해. 난 어린 시절 이 높은 건물 뒤에 있는 석호 주변을 뛰놀면서 늘 키안다에게 바칠 제물을 찾아다니곤 했어. 가끔가다 키안다는 지나가는 사람을 납치하기도 했지. 납치된 사람들은 며칠 후 아주 먼 곳, 다른 석호 옆이나 강 옆 혹은 다른 해변에서 나타났어. 그러한 일은 자주 일어났지. 언젠가부터 키안다는 인어의 형상으로 나타나기 시작했고 인어로 변했어도 힘만은 그대로였어."

그리하여 야비한 도둑질과 뜻밖의 행운 덕분에 루도는 테라스에 자그마한 양계장을 차리게 되었다. 키안다의 존재와 힘에 대한 루안다 사람들의 믿음을 강화하는 데 기여하면서.

체 게바라의 물름바 나무

한때 석호가 있던 저 아래 마당에는 커다란 나무 한 그루가 서 있다.

서재에서 앙골라 식물에 대한 책을 읽고 나서 그 나무의 이름이 '물름바(Ficus thonninglii)'라는 사실을 알게 되었다.

앙골라에서는 이 나무를 왕족 나무 혹은 말씀의 나무라 부른다.

부족의 족장들과 원로여성들이 종종 이 나무 그늘 아래 모여 부족의 문제를 논했기 때문이다.

가장 높은 나뭇가지들은 내 침실의 창문에 닿을 정도다.

가끔은 원숭이 한 마리가 새들과 그늘 사이로
나뭇가지 이곳저곳을 돌아다니는 게 보인다.
녀석은 주인이 있었던 게 틀림없다.
녀석이 도망쳤거나 주인이 버렸겠지. 녀석이 가엾다.

나처럼, 녀석도 이 도시에서는 이방인이다.

이방인.

아이들은 원숭이에게 돌을 던지고 여자들은 막대기로 녀석을 내쫓는다.

사람들은 원숭이에게 소리를 지르고 욕설을 퍼붓는다.

나는 녀석에게 이름을 지어주었다. 체 게바라, 반항적인 느낌을 풍기기는 데다 다소 익살스럽기도 하고 왕국과 왕관을 빼앗긴 왕처럼 거만해 보이기 때문이다.

한번은 녀석이 테라스에서 바나나를 먹고 있는 걸 발견했다.

어떻게 올라왔는지 모르겠다. 물름바 나뭇가지에서 창가로 뛰어올라 창틀을 타고 올라왔을지도.

상관없다. 우리에겐 적어도 지금은 바나나와 석류가 충분히 있으니까.

석류를 벗길 때면 기분이 좋다. 내 손가락으로 전해지는 환한 느낌.

포르투갈어로 석류를 일컫는 'romã' 라는 단어, 희미한 아침 햇살이란 뜻을 가진 이 단어조차 마음에 든다.

제레미아스 카하스쿠의 두 번째 인생

우리는 평생 다양한 존재로 살아가며, 때로는 존재감을 박탈당하기도 한다. 하지만 완전히 다른 껍데기를 걸치게 되는 사람은 별로 없다. 이러한 일이 바로 제레미아스 카하스쿠에게 일어났다. 무차별적인 총살이 있은 후, 그는 한 침대 위에서 눈을 떴다. 침대는 185센티미터나 되는 그의 키에 비해 한없이 작았고 팔을 뻗어 늘어뜨리면 양 손가락이 시멘트 바닥에 닿을 정도로 좁았다. 제레미아스는 입과 목, 가슴 쪽에 극심한 통증을 느꼈다. 숨 쉬는 것마저도 고역이었다. 눈을 뜨자마자 그의 눈에 들어온 건 변색되고 갈라진, 낮은 천장이었다. 작은 도마뱀 한 마리가 천장에 붙어서 호기심 가득한 얼굴로 그를 내려다보고 있었다. 천장 바로 아래 맞은편 벽의 상단에 나 있는 조그마한 창 사이로 싱그러운 아침 햇살이 들어오고 있었다.

'내가 죽었구나.' 제레미아스는 생각했다. '난 죽었고, 저 도마뱀은 신이군.'

그러나 이 신은 그에게 어떠한 운명을 내릴지 주저하는 듯했다. 제레미아스는 신의 이러한 망설임이 자신이 창조주와 대면하고 있다는 사실, 그리고 신이 파충류의 형상을 하고 있다는 사실보다 기이하게 느껴졌다. 제레미아스는 자신이 지옥의 화염 속에서 영원히 타게 될 운명이라고 줄곧 예상해왔다. 많은 사람을 고문하고 죽였기 때문이다. 명령에 복종해야 한다는 의무감으로 시작했지만 나중에는 그 맛에 중독되고 말았다. 밤새 누군가를 쫓을 때만 살아 있다는 느낌이 들었다.

'결정을 내려주십시오.' 제레미아스는 도마뱀에게 말했다. 사실 말을 하려 했지만 그의 입에서 나온 거라고는 둔탁하고 거친 소리뿐이었다. 그는 또다시 무슨 말을 하려고 했지만 악몽을 꾸는 것처럼 또다시 둔탁한 소리만이 입가를 맴돌았다.

"말하려고 하지 마세요. 사실 다시는 말할 수 없을 거예요."

제레미아스는 잠깐 동안 자신을 영원히 벙어리로 만든 신이 말하고 있다고 생각했다. 그때 눈알을 오른쪽으로 굴리자 상당히 뚱뚱한 여자가 문에 기대고 서 있는 게 보였다. 그녀는 작고 여린 손가락을 꼼지락거리며 말했다.

"어제 신문에 당신의 사망 기사가 떴어요. 사진도 실렸는데, 하도 오래된 사진이라 하마터면 못 알아볼 뻔했어요. 사람들은 당신을 악마라고 부르더군요. 당신은 죽었지만 다시 태어났고 이제 새로운 기회를 얻었죠. 이번엔 잘 좀 살아봐요."

마달레나는 마리아 피아 병원에서 5년 동안 일한 적이 있었다. 그 전에는 수녀였다. 한 이웃이 벤자밍과 제레미아스가 총살되는 것을 멀찍이서 목격해 그녀에게 이 사실을 전했고, 마달레나는 차를 몰고 현장으로 달려갔다. 한 남자는 아직 살아 있었다. 총알 하나가 그의 흉부를 관통했는데, 기적적으로 중요한 장기는 하나도 건드리지 않았다. 두 번째 총알은 그의 입을 가격해 위 앞니 두 개를 부러뜨린 후 목구멍으로 들어갔다.

"대체 어떻게 된 건지 이해할 수 없군요. 총알을 이빨로 받으려고 한 거예요?"

그녀가 웃었다. 그녀의 몸이 흔들렸다. 빛도 그녀와 함께 웃는 것 같았다.

"대단한 반사 신경이군요. 어쨌든 그리 나쁜 생각은 아니었어요. 총알이 이빨에 부딪히지 않았으면 다른 쪽으로 갔을 테니까요. 그러면 즉사했거나 전신이 마비되었겠죠. 당신을 병원에 데리고 가지 않는 게 낫겠다고 생각했어요. 놈들은 당신을 치료해서 되살린 뒤 어느 정도 회복이 되면 다시 쏘아 죽이려 할 테니까요. 그러니 조금만 참아요. 쓸만한 게 많지는 않지만 여기 있는 것들로 어떻게든 치료해 드릴게요. 당신을 이곳 루안다에서 빠져나가게 해드리죠. 얼마나 오래 숨겨드릴 수 있을지는 장담 못 해요. 만약 놈들이 당신을 발견하면 저도 쏘아 죽일 테니까요. 우리는 최대한 빨리 남쪽으로 떠날 거예요."

그녀는 제레미아스를 거의 5개월 동안 숨겨주었다. 그는 라디오를 통해 쿠바의 지원으로 UNITA(앙골라전면독립민족동맹)당과 국민전선당, 남아프리카 군부대를 비롯해 포르투갈, 영국, 북아프리카에서 온 용병 부대들로 이루어진 급조 공수동맹에 맞서 싸우고 있는 정부군의 힘겨운 상황을 전해 들을 수 있었다.

제레미아스는 카스카이스 해변에서 연한 금발 머리 여자와 춤을 추고 있었다. 그는 전쟁에 참여한 적도, 누구를 죽인 적도, 고문한 적도 없었다. 바로 그때 마달레나가 그를 흔들어 깨웠다.

"일어나요! 오늘 떠나지 않으면 안 돼요."

제레미아스는 힘겹게 침대에 걸터앉았다. 비가 어둠 속에서 세차게 내렸고, 이 소리에 드물게 들리는 차 소리마저 묻혀버렸다. 그들은 오래된 소형 밴, 시트로엥 2CV를 타고 떠날 예정이었다. 이 노란색 차는 몸체가 심하게 낡았고 부분적으로 녹슬었지만 엔진만큼은 아무 문제 없었다. 제레미아스는 뒷좌석에 누워 다양한 책 상자 속에 몸을 숨겼다.

"책은 존경심을 자아내죠." 마달레나가 말했다. "맥주병들로 가득한 상자를 싣고 다니면, 군인들이 차를 샅샅이 뒤질 거예요. 게다가 모사메드스에 도착할 때쯤이면 단 한 병도 남아 있질 않을 테고요."

그녀의 전략은 옳았다. 수많은 검문소를 통과할 때마다 책을 본 군인들 대부분이 차렷 자세로 마달레나에게 사과하며 그녀를 통과시켜 주었다. 그들은 바람 한 점 불지 않는 아침, 모사메드스에 도착했다. 제레미아스는 장례식장의 취객마냥 멍한 상태로, 천천히 돌아가고 있는 녹슨 차량의 측면에 난 조그만 구멍을 통해 작은 마을을 보았다. 몇 개월 전, 남아프리카 부대가 루안다를 가는 도중에 이곳을 지나가며 개척자와 무쿠발 부족들로 이루어진 부대를 단숨에 짓밟아버린 일이 있었다.

마달레나는 튼튼한 파란색 대저택 앞에 차를 주차했다. 그녀는 제레미아스를 찜통 속에 내버려 둔 채 차에서 내렸다. 그는 비 오듯 땀을 흘렸다. 숨을 쉴 수가 없었다. 체포당해 죽는 일이 있더라도 나가는 게 낫겠다 싶었다. 하지만 상자들을 옆으로 밀쳐낼 수가 없었다. 그는 차를 발로 걷어차기 시작했다. 그 소리에 한 노인이 다가왔다.

"거기 누구요?"

마달레나의 부드러운 목소리가 들렸다.

"작은 염소 한 마리를 싣고 비레이로 가는 중이에요."

"허나 비레이에는 이미 염소가 수두룩한걸! 허허! 비레이로 염소를 데려갈 생각을 하다니 거참!"

차가 다시 달리기 시작하자 신선한 공기가 차 안으로 들어왔다. 제레미아스는 편안히 자리에 기댔다. 그들은 남들이 모르는 경로로 털털거리며 한 시간 넘게 달렸다. 제레미아스의 눈에 비치는 주위 풍경은 거센 바람과 바위, 먼지 그리고 가시철조망 천지였다. 마침내 차가 멈춰 섰다. 차 주위로 왁자지껄한 소리가 들려왔다. 차 뒷문을 열고 누군가 상자들을 꺼냈다. 수십 명의 사람이 호기심 가득한 눈으로 그를 쳐다봤다. 온몸을 빨간색으로 칠한 여자들로, 일부는 나이가 꽤 많았고 나머지는 앙증맞은 젖가슴과 팽팽한 젖꼭지를 지닌 사춘기 소녀들이었다. 상당한 우아해 보이는 키 큰 남자들도 보였는데, 모두 정수리에 머리 다발을 얹고 있었다.

"돌아가신 저희 아버지께선 이 사막에서 태어나셨어요. 그리고 이곳에 묻히셨죠. 이분들은 아버지를 극진히 모신답니다." 마달레나가 설명했다. "이분들이 당신을 데리고 가 필요할 때까지 숨겨드릴 거예요."

제레미아스는 바닥에 앉아 벌거벗은 임금마냥 어깨를 쭉 폈다. 그의 실루엣은 무티티 나무(산호 나무)의 가시 돋친 그림자 같았다. 수많은 아이가 그를 에워싸며 그의 몸을 만지고 머리카락을 잡아당겼다. 젊은 남자들은 큰소리로 웃었다. 그러나 사람들은 이내 제레미아스의 완고한 침묵에, 먼 곳을 향하는 시선에, 거칠고 험난한 여정을 걸어왔음을 짐작케 하는 과거의 망령에 이끌렸다. 마달레나는 고개를 살짝 끄덕이며 작별인사를 했다.

"여기서 기다려요. 놈들이 당신을 찾으러 다닐 거예요. 모든 게 잠잠해지면 국경을 넘어서 남서 아프리카로 갈 수 있을 거예요. 백인 중에는 좋은 친구들이 있을 거라 믿어요."

여러 해가 지났다. 그리고 또 수십 년이 흘렀다. 하지만 제레미아스는 국경을 건너지 못했다.

5월 27일

체 게바라가 오늘 아침 몹시 불안해했다.

녀석은 나뭇가지 사이를 이곳저곳 뛰어다니며 울부짖었다.

나중에 거실 창밖을 바라봤더니
한 남자가 뛰어가는 게 보였다.

큰 키에 깡마른 그 남자는 굉장히 날렵했다.
세 명의 군인이 남자의 뒤를 바짝 쫓고 있었다.
사람들이 사방에서 떼로 모여들어 군인들과 합류했다.
얼마 안 가 이제는 모든 사람이 도망자를 쫓는 사태가 벌어졌다.
바로 그때 남자는 자전거를 타고 그의 앞을 지나가던

아이와 부딪혔고 팔다리를 마구 휘저으며 먼지 속으로
굴러떨어졌다. 사람들이 손만 뻗으면 닿을 정도로
남자에게 가까이 따라붙으려는 순간,
그가 갑자기 자전거에 올라타 다시 도주하기 시작했다.
그쯤, 도로에서 백 미터 남짓 떨어진 곳에
두 번째 무리가 생겨났고 그에게 마구잡이로 돌을 던졌다.
불쌍한 남자는 좁은 골목으로 몸을 피했다.
그가 나처럼 위에서 내려다볼 수 있었다면
그 길로 들어가지 않았을 텐데. 그 길은 막다른 골목이었다.
남자는 자신이 잘못 들어섰다는 걸 알아차리고는
자전거를 버리고 담벼락을 뛰어넘어보려 했다.

하지만 누군가 던진 돌이 그의 목덜미에 맞았고
그는 쓰러지고 말았다.

무리는 남자를 잡았다.
그러고는 그에게 달려들며 마른 몸에 발길질을 해댔다.
군인 한 명이 총을 꺼내 들어 허공에 한 발을 쏴 그의 앞으로 길을 만들었다.
그는 사람들에게 총을 겨누며 남자를 일으켜 세웠다.
나머지 두 군인은 큰 소리로 명령하며 사람들을 진정시켰다.
결국 사람들은 뒤로 물러났고 군인들은 죄수를 끌고 가 차에 던지다

시피 태우고는 그곳을 떠났다.

일주일이 넘도록 전기가 들어오지 않고 있다. 그래서 라디오를 들을 수가 없다.

밖에서 무슨 일이 일어나고 있는지 알 수가 없다.

총소리에 잠에서 깼다. 나중에 거실 창밖으로 보니
깡마른 남자가 뛰어가는 게 보였다. 팬텀은 온종일
어슬렁거렸다. 발가락을 물어뜯으며
두려움 때문에 이곳저곳을 서성였다.
옆집에서 누군가가 소리치는 게 들렸다.
남자 몇 명이 싸우는가 싶더니 다시금 조용해졌다.

잠을 잘 수가 없었다.
새벽 4시에 테라스로 올라갔다.

밤이, 우물처럼, 별들을 집어삼키고 있었다.

그때 시체를 가득 실은 트럭이 지나가는 게 보였다.

이성의 추락에 관하여

몬트는 심문을 좋아하지 않았다. 몇 년 동안 그는 이 주제를 논의하기를 피했다. 그는 사회주의 혁명을 위해 온갖 월권행위(좋게 말하면, 정치경찰 요원의 힘을 빌려 자행한 행위)가 허용되었던 70년대를 회상하기조차 꺼렸다. 그는 앙골라 독립 이후 혼란스러운 시기에 반역자와 극좌파 젊은이들을 심문하면서 인간성에 대해 많은 걸 알게 되었다고 친구들에게 고백했다. 행복한 유년시절을 보낸 이들에게 자백을 받아내기가 쉽지 않다고도 했다.

아마 그는 리틀 치프를 생각하고 있었을지도 모른다.

아르날두 크루스라는 세례명을 지닌 리틀 치프는 감옥에서 보낸 시절을 별로 얘기하고 싶어 하지 않았다. 그는 어린 시절 부모를 잃고 사탕 장수였던 친할머니 두우시네이아 밑에서 아쉬울 것 없이 자랐다. 주변 사람 모두 그가 고등학교를 졸업하면 대학에 진학해 의사가 될 거라고 기대했다. 하지만 정치 모임에 가담하는 바람에 옥살이를 하게 되었다. 포르투갈에서 카네이션 혁명이 발발할 당시, 모사메드스로부터 100킬로미터 넘게 떨어진 캄푸 데 상 니콜라우 수용소에 4개월 동안 감금된 것이다. 그가 다시 루안다로 돌아왔을 땐 모두가 그를 영웅 취급했다. 할머니는 손자가 장관이 될 거라 기대했지만 리틀 치프는 정치 활동에는 소질이 없었고, 열정만 가득했다. 법대생이 된 그는 독립 후 몇 달이 채 지나지 않아 또다시 철창신세를 지게 되었다. 할머니는 비통해했고 며칠 후 심장 마비로 세상을 떠났다.

리틀 치프는 관 속에 숨어 가까스로 탈옥에 성공했다. 이 웃지 못할 사건은 나중에 자세히 설명하겠다. 감옥에서 나온 그는 또다시 익명 속으로 사라졌다. 하지만 친구들처럼 어두운 방 안에 숨어 지낸다거나 친척 집 옷장에 숨어 지내는 대신, 정반대의 방법을 택했다. 그는 뻔히 보이는 곳에 숨는 게 가장 쉽다고 생각했다. 그래서 누더기를 걸치고 헝클어진 머리를 길게 늘어뜨린 뒤 몸에 진흙과 타르를 묻히고 거리를 돌아다녔다. 그는 자신의 정체를 더욱 숨기기 위해, 특히 밤낮없이 도시를 돌아다니며 총알받이용 젊은이들을 잡아가는 군인들을 피하고자 미친 척을 하기로 했다. 하지만 정말 미친 사람 취급을 받으려면 어느 정도 진짜 미쳐야만 한다.

"반쯤 잠든 상태를 생각해 봐." 리틀 치프는 설명했다.

"반은 깨어 있고, 반은 횡설수설하는 거지. 공식적으로 보이는 건 후

자의 모습이고."

사람들의 눈에 거의 띄지 않는 반 치매 상태에서 정신이 밀입국자마냥 들락날락 할 때, 리틀 치프는 비둘기를 보았다.

"며칠 동안 굶주린 상태였어. 바람이 조금만 불어도 날아가 버릴 정도로 간신히 서 있었지. 난 막대기와 고무줄 몇 가닥을 이용해 새총을 만들었어. 카탐보르에서 쥐를 잡으려고 쫓아가는데 비둘기 한 마리가 날아오지 뭐야. 놈이 어찌나 새하얗던지 주위가 온통 환해졌어. 난 성령이 틀림없다고 생각했지. 돌을 하나 집어 녀석을 향해 시선을 고정한 뒤 새총을 쏘았어. 명중이었지. 녀석은 땅에 떨어지기도 전에 죽어버렸어. 나는 비둘기를 보자마자 반지에 끼워진 조그마한 플라스틱 원통을 발견했지. 열어봤더니 작은 종이쪼가리가 들어 있더군. '내일 여섯 시, 늘 만나던 곳에서 만나요. 조심하고, 사랑하오.'라고 적혀 있었어. 그리고 비둘기를 구워 먹으려고 내장을 도려냈더니 세상에, 그 안에 다이아몬드가 들어 있지 뭐야."

리틀 치프는 도대체 어떻게 된 건지 이해할 수가 없었다.

"상황을 잘못 이해한 난 신이 나에게 보석을 줬다고 생각했어. 나에게 쪽지를 쓴 것 역시 신이라고까지 생각했지. 그래서 다음날 여섯 시, 난 내가 늘 가던 렐루서점 앞으로 가서 신이 나타나기를 기다렸어."

신은 신비로운 모습으로 나타났다. 부드럽고 빛나는 얼굴에 한결같은 미소를 지닌, 상당히 뚱뚱한 여자의 모습으로. 그녀는 소형 시트로엥 2CV에서 내려, 쓰레기 뒤에 반쯤 숨어서 그녀를 바라보는 리틀 치프에게 다가왔다.

"거기 잘생긴 총각!" 마달레나가 소리쳤다. "좀 도와줄래요?"

리틀 치프는 놀라서 그녀에게 다가갔다. 여자는 그를 줄곧 지켜봤다고 말했다. 그녀는 그가 제정신이면서, 실제로는 **완전히** 정상이면서 미친놈 행세를 하며 하루 종일 거리를 쏘다니는 게 못마땅했다. 리틀 치프는 분노를 주체하지 못해 가슴을 쭉 폈다.

"하지만 전 완전히 미쳤는걸요, 진짜로."

"전혀요." 마달레나는 딱 잘라 말했다. "진짜로 미친 사람들은 조금 더 신중해 보이려고 노력하기 마련이죠."

마달레나는 비아나 근처에 과일과 채소를 수확할 수 있는, 루안다에서는 찾아보기 힘든 작은 농장을 물려받았는데 관리해줄 사람이 필요하다고 했다. 리틀 치프는 제안을 받아들였다. 뻔한 이유 즉, 배가 너무 고팠고 농장에서는 어떻게든 매일 음식을 먹을 수 있기 때문이 아니었다. 그곳이 군인과 경찰을 비롯해 그를 노리는 사람들로부터 안전했기 때문도 아니었다. 그것을 하늘의 뜻이라 여겼기 때문에 받아들였다.

다섯 달 후, 잘 먹고 잘 잤더니 그는 완전히 제정신으로 돌아왔다. 그런데 안타깝게도 제정신은 정상적으로 생활하는 데 오히려 방해가 되었다. 그가 대여섯 해 더 미친 사람 행세를 했다면 더 잘 지냈을 지도 모른다. 제대로 생각할 수 있게 되자 다시 불안해졌다. 조국이 붕괴되는 것을 보자니 영혼이, 마치 피가 흐르는 진짜 장기라도 되는 양 아려왔다. 감옥에 남겨진 동료들의 운명을 생각하니 더욱 고통스러웠다. 그는 점차 옛 지인들과 다시 연락을 취했고, 캄푸 데 상 니콜라우 교도소에서 만난 젊은 축구선수 마시엘 루캄바와 함께 수감자들을 구출한 다음 트롤선에 태워 포르투갈로 옮길 계획을 짰다. 다이아몬드에 대해선 아무에게도, 심지어 마시엘에게조차도 말하지 않았다. 그는 작전 수행에 필요한 비용을 마련하기 위해 보석을 팔 계획이었다. 누구에게 보석을 팔아야 할지 몰랐지만 그런 생각을 하기도 전에 일이 발생했다. 어느 일요일 오후, 매트 위에 누워 있는데 별안간 두 남자가 불쑥 나타나 그를 체포한 것이다. 마달레나도 체포되었다는 사실이 그를 고통스럽게 했다.

몬트가 그를 심문했다. 그는 마달레나가 음모에 가담했다는 사실을 입증하고 싶어 했다. 그는 리틀 치프에게 마달레나가 구해준 포르투갈 용병의 행방을 알려주면 둘 다 풀어주겠다고 했다. 리틀 치프는 그가 누군지 모른다고 솔직히 얘기할 수 있었다. 하지만 정부요원과 몇 마디만 주고받아도 자신이 제정신이라는 사실을 인정하는 게 될까 봐 땅에 침을 뱉는 걸로 대꾸했다. 결국 한마디도 하지 않자 몬트는 그를 구타했다.

그는 감방에 있는 내내 다이아몬드를 품에 지니고 다녔다. 경호원이

나 다른 수감자들은 늘 남을 걱정하는 이 볼품없는 청년이 그런 귀한 물건을 지니고 있을 거라고는 상상도 하지 못했다.

1977년 5월 27일 아침, 강렬한 소음에 그는 잠에서 깼다. 총소리였다. 낯선 남자가 자신이 갇혀 있는 감방의 문을 열며, 원한다면 나가라고 소리쳤다. 반란을 일으킨 수감자들로 교도소는 아수라장이 되었다. 리틀 치프는 혼란을 틈타 유령처럼 홀연하게, 미친 사람 행세를 하며 길거리를 방황하던 때보다도 더 존재감 없게, 감옥을 빠져나왔다. 정원 쪽으로 가 푸루메리아 그늘 아래 앉으니 유명한 여류 시인이 눈에 띄었다. 그녀는 그처럼 민족운동을 한 역사적인 인물로, 정당 지도부를 비판하는 몇몇 지식인들을 도왔다는 죄목으로 앙골라가 독립한 며칠 후 감옥에 갇혔다. 리틀 치프는 마달레나의 안부를 물었다. 그녀는 몇 주 전에 석방되었다고 했다. 경찰이 문제 삼을만한 어떠한 죄목도 입증치 못했다고 했다.

"대단한 여자예요!" 여류 시인이 말했다. 그녀는 리틀 치프에게 감옥을 떠나지 말라고 조언했다. 그녀는 반란은 곧 진압될 것이며 탈주자들은 다시 잡혀 고문당하고 총살당할 거라고 했다.

"대학살이 일어날 게 뻔해요."

그는 동의했다. 그는 그녀를 한동안 꽉 껴안고 나서 멍한 상태로 불빛이 쏟아지는 거리로 향했다. 마달레나를 찾아야겠다고 생각했다. 그녀에게 진심으로 잘못을 빌고 싶었다. 하지만 그것이 그녀를 더 위험하게 만들 수도 있겠다 싶었다. 경찰들이 그를 쫓는다면 그녀의 집부터 찾아갈 것이다. 그는 혼란스럽고 우울한 상태로 거리를 정처 없이 떠돌다가 멀찍이서 시위대의 뒤를 따라다니기도 하고 대통령을 지지하는 세력에 붙어 다니기도 했다. 그렇게 이곳저곳을 돌아다니며 방황하던 중, 군인 한 명이 그를 알아보았다. 군인은 "반역자다! 반역자!"라고 소리치며 그를 뒤쫓았고 얼마 안 가 한 무리의 사람들이 그를 쫓아오기 시작했다. 리틀 치프는 키가 185센티미터로 다리도 길었으며 어렸을 땐 운동선수로 활동하기도 했다. 하지만 좁은 감방에 갇혀 있는 몇 달 동안 운동을 거의 하지 않은 탓에 숨이 차올랐다. 처음 500미터는 어느 정도 간격이 벌어졌다. 그들을 따돌릴 수도 있겠다 싶었다. 하지만 소동 때문에 더 많은 사람이 몰려들었다. 가슴이 타들어 가는 것 같았고 땀이 눈으로 흘러 시야가 흐려졌다. 그때 갑자기 자전거 한 대가 그의 앞에 휙 하고 나타났다. 그는 차마 피하지 못하고 그 위로 쓰러졌다. 하지만 곧바로 일어나 자전거에 올라탔고 간격은 다시 벌어졌다. 오른쪽으로 방향을 홱 틀었다. 막다른 골목이었다. 그는 자전거를 버리고 담장을 뛰어넘으려고 했다. 바로 그 때, 누군가 그의 목덜미에 돌을 던졌다. 입에서 피 맛이 나며 현기증이 났다. 다음 순간, 그는 수갑이 채워진 채 차에 타고 있었고 양쪽에는 군인이 한 명씩 앉아 있었다. 그들 모두 소리를 지르고 있었다.

"이제 죽은 줄 알아, 이 자식아." 운전대를 잡고 있던 군인이 소리쳤다.

“네놈들을 전부 죽이라는 명령이 떨어졌다. 하지만 우선, 네놈이 알고 있는 것을 전부 말할 때까지 손톱을 하나씩 모조리 뽑아 버릴 테다. 반군 놈들의 이름을 전부 알아내고 말겠어.”

하지만 군인은 그의 손톱을 하나도 뽑지 못했다. 다음번 교차로에서 큰 트럭이 그들이 탄 차를 박아버렸고 차는 보도로 나동그라졌다. 충돌에서 가장 멀리 떨어진 쪽의 문이 열렸고 리틀 치프는 군인 한 명과 함께 차 밖으로 떨어졌다. 그는 자신의 피와 다른 이의 피, 그리고 유리 조각을 흩뿌리며 간신히 일어났다. 무슨 일이 일어났는지 파악할 겨를조차 없던 그때, 완벽한 미소를 지닌 다부진 사내가 그에게 다가와 코트로 수갑을 가린 채 그를 끌고 갔다. 15분 뒤, 둘은 낙후되긴 했지만 고급스러운 건물로 들어가 11층까지 걸어 올라갔다. 리틀 치프는 다리를 심하게 절뚝거렸다. 사고로 오른쪽 다리가 거의 부러진 상태였다.

엘리베이터가 작동하지 않는다며, 환한 미소를 지닌 남자가 사과했다.

“이 촌놈들이 엘리베이터 통로에 쓰레기를 던지지 뭡니까. 거의 끝까지 쓰레기로 가득 찼소.”

남자는 리틀 치프를 집 안으로 들였다. 진분홍색 거실 벽에는 눈에 띄는 유화가 걸려있었다. 소박한 붓놀림으로 행복한 주인을 그린 그림이었다. 여인 두 명이 바닥에 앉아 있었고 그 옆에는 배터리로 구동되는 작은 라디오가 놓여 있었다. 상당히 젊은 쪽은 아이에게 젖을 물리고 있었다. 둘 다 그를 쳐다보지도 않았다. 남자가 의자를 가져와 리틀 치프에게 앉으라는 손짓을 했다. 그러고는 주머니에서 클립을 꺼내 곧게 펴고 수갑 쪽으로 몸을 숙이더니 클립을 수갑 입구에 넣고는 셋 만에 열었다. 그는 링갈라어로 무슨 말인가 외쳤다. 나이 든 여인이 아무 말 없이 자리에서 일어나 어디론가 사라졌다. 잠시 후 그녀는 쿠카 맥주 두 병을 들고 다시 나타났다. 라디오에서는 격분한 목소리가 흘러나오고 있었다.

'그들을 반드시 찾아야 합니다. 밧줄로 묶은 뒤 총살해야 합니다!'

미소가 멋진 남자는 고개를 저었다.

"이러려고 독립을 한 게 아닌데. 앙골라인들이 미친개처럼 서로 죽이는 꼴을 보려고 그런 게 아닌데." 그는 한숨을 쉬었다. "이제 상처부터 치료해야겠군요. 그다음에는 좀 쉬어요. 여분의 방이 있으니 이 혼란이 끝날 때까지 그곳에 머무시구려."

"이 혼란이 끝나려면 시간이 좀 걸릴 것 같은데요."

"하지만 끝은 오기 마련이오, 동무. 악마조차도 때로는 휴식이 필요하잖소."

반역 안테나

세상과의 단절을 감행하기 시작한 처음 몇 달 동안, 루도는 테라스에 나갈 때면 거의 늘 우산을 썼다. 나중에는 기다란 종이 상자를 사용하기 시작했는데, 밖을 내다보기 위해 눈의 위치에 구멍 두 개를 뚫고 팔을 내밀기 위해 상자 측면의 아래쪽에도 구멍 두 개를 더 뚫었다. 그녀는 이 상자를 쓰고 화단으로 가 채소를 심거나 뽑고 잡초를 제거했다. 때로는 테라스 바깥으로 몸을 숙이고 수몰된 도시를 씁쓸하게 바라보기도 했다. 비슷한 높이의 다른 건물에서 봤다면 커다란 상자가 앞으로 향했다가 다시 뒤로 물러나는 등 이리저리 움직이는 것처럼 보일 터였다.

구름이 해파리처럼 도시를 감쌌다. 루도는 구름을 보면 해파리가 생각났다. 구름을 볼 때 우리는 구름의 진짜 형상을 보는 게 아니다. 구름은 계속해서 바뀌기 때문에 사실 형상이 없거나 온갖 형상을 지닌다.

우리는 결국 마음이 그리워하는 걸 보는 거다.

'마음'이라는 단어가 마음에 들지 않는다고? 그렇다면 다른 단어를 선택해도 좋다. 영혼, 무의식, 환상 혹은 당신이 원하는 아무거나. 하지만 그 어떤 것도 적정한 단어가 아닐 거다.

루도는 구름을 보고 해파리를 떠올렸다.

그녀는 혼잣말하는 습관이 생겼다. 똑같은 단어를 몇 시간 동안 되풀이했다.

재잘거림, 떼 짓기, 지저귐, 맴돌기, 날기. 재잘거림, 떼 짓기, 지저귐, 맴돌기, 날기. 재잘거림, 떼 짓기, 지저귐, 맴돌기, 날기. 재잘거림, 떼 짓기, 지저귐, 맴돌기, 날기. 재잘거림, 떼 짓기, 지저귐, 맴돌기, 날기.

입천장에서 녹는 초콜릿처럼 행복한 기억을 상기시키는 좋은 단어들이었다. 그녀는 새들에게 말을 걸고, 새들을 떠올리면 루안다 하늘에 새들이 다시 나타날 거라고 믿었다. 몇 년째 비둘기나 갈매기를 보지 못했다. 길 잃은 작은 새조차 눈에 띄지 않았다. 밤이 되면 박쥐가 나타났다. 하지만 박쥐의 비행은 새들의 비행이 아니다. 박쥐는 해파리처럼 실체가 없는 존재다. 어둠 속을 파고드는 박쥐를 보면 살과 피, 튼튼한 뼈, 그리고 열과 감각을 지닌 존재라는 생각이 들지 않는다. 박쥐는 종잡을 수 없는 형태를 지닌 폐허 속 망령으로, 언제 나타났나 싶게 금세 자취를 감춘다. 루도는 박쥐를 싫어했다. 개는 비둘기보다 더 드물었고 고양이는 개보다 더 드물었다. 개는 몇 년을 더 버텼는데, 여윈 그레이하운드, 천식에 걸린 육중한 마스티프, 미친 달마시안, 낙담한 포인터 등 혈통있는 한 무리의 개들이 돌아다니다 그 후 이삼 년 동안은 한때 고상했던 혈통 있는 개들이 낳은 요상하고 가증스러운 잡종견들이 거리를 활보하고 다녔다.

루도는 한숨을 내쉬었다. 자리에 앉아 창문을 바라보았다. 그 상태에서는 하늘만이 눈에 들어왔다. 낮게 깔린 어두운 구름, 남아 있는 파란 하늘 조각이 어둠 속에 거의 잠식당한 상태였다.

그녀는 체 게바라를 떠올렸다. 벽을 타고 테라스와 옥상을 뛰어다니며 거대한 물름바 나무의 가장 높은 가지에 올라가 휴식을 취하는 녀석을 보는 게 익숙해지고 있었다. 녀석을 보면 위안이 되었다. 루도와 체 게바라는 상당히 비슷한 존재였다. 둘 다 희열에 젖은 이 도시의 이방인이자 실수였다. 사람들은 원숭이에게 돌을 던졌다. 독이 든 과일을 던지는 이도 있었는데, 원숭이는 이러한 과일은 먹지 않았다. 킁킁거리며 냄새를 맡아보고는 몸서리치며 치워버렸다.

자세를 조금만 바꾸면 루도의 눈에 위성 안테나가 보였다. 수십 개, 수백 개, 수천 개의 안테나가 마치 버섯처럼 건물 옥상을 뒤덮고 있었다. 오랫동안 모든 안테나는 북쪽을 향하고 있었다. 단 하나, 반역 안테나를 제외하고는. 또 다른 실수였다. 그녀는 이 안테나가 동지들을 등지고 있는 한, 자신은 죽지 않을 거라고 생각하곤 했다. 체 게바라가 살아 있는 한, 자신은 죽지 않을 터였다. 하지만 2주가 넘도록 체 게바라가 눈에 보이지 않았다. 게다가 이른 아침, 옥상을 힐끗 쳐다보았더니 반역 안테나마저 다른 안테나처럼 북쪽을 향하고 있었다. 강물처럼 짙은 어둠이 졸졸 흘러 창유리로 쏟아졌다. 순간, 갑자기 번쩍하더니 모든 것이 밝아졌고 루도는 벽에 비친 자신의 그림자를 보았다. 몇 초 후 천둥소리가 들렸다. 그녀는 눈을 감았다. 하늘이 승리감에 도취하여 자유의 춤을 추는 지금 이곳에서 정신이 말짱한 상태로 죽는다면, 나쁠 게 없겠다 싶었다. 수십 년 동안 아무도 그녀를 찾지 못하겠지. 루도는 아베이로를 생각했다. 그러곤 자신이 더 이상 포르투갈인 같지 않다는 생각이 들었다. 그녀는 어디에도 속하지 않았다. 그녀가 태어난 그곳은 추웠다. 바람과 피곤함에 맞서 머리를 숙인 채 좁은 거리를 걷는 사람들이 떠올랐다. 그 곳에 그녀를 기다리는 사람은 없었다.

그녀는 눈을 뜨기도 전에 폭풍이 물러가고 있다는 것을 알았다. 하늘이 맑아지고 있었다. 태양 빛이 그녀의 얼굴을 따뜻하게 적셨다. 테라스에서 낑낑거리는 소리가 들렸다. 희미한 저항소리였다. 그녀의 발아래 누워 있던 팬텀이 벌떡 일어나 거실을 가로질러 나선형 계단을 뛰어 올라가더니 이내 시야에서 사라졌다. 루도는 개를 쫓아갔다. 팬텀은 원숭이를 바나나 나무쪽으로 몰아붙이고 있었다. 머리를 숙이고는 초조한 듯 으르렁거렸다. 루도는 개의 목덜미를 낚아채 끌어당겼다. 팬텀은 거세게 저항했다. 그녀를 물려고까지 했다. 그녀는 왼손으로 개의 코를 세게 여러 번 내려쳤다. 마침내 팬텀은 굴복한 채 그녀의 손에 질질 끌려갔다. 루도는 개를 부엌에 묶고 문을 닫은 뒤 테라스로 돌아갔다. 체 게바라는 여전히 그곳에 있었다. 의문 가득한 눈을 반짝이며 그녀를 쳐다보았다. 어떤 사람의 눈에서도 본 적이 없던 강렬한 인간의 모습이었다. 오른쪽 다리에는 깊게 팬 상처가 있었다. 조금 전 마체테에 찔려 생긴 자국 같았다. 피가 빗방울과 뒤섞여 있었다.

루도는 부엌에서 가져온 바나나를 하나 까서 원숭이에게 내밀었다. 녀석은 앞으로 몸을 숙인 뒤 주둥이를 내밀었다. 하지만 이내 고개를 저었다. 고통스러워서 그런지, 그녀를 믿을 수 없어 그런지 알 수 없었다. 루도는 부드러운 목소리로 말했다.

"괜찮아, 이리와 봐. 괜찮대도, 내가 돌봐줄게."

원숭이가 다가왔다. 다리를 질질 끌며 구슬프게 울고 있었다. 루도는 바나나를 건네며 원숭이의 목을 움켜잡았다. 그리고 왼손으로 허리춤에 차고 있던 칼을 꺼내 원숭이의 몸에 찔렀다. 체 게바라는 비명을 지르며 도망쳤다. 배에 칼이 꽂힌 상태로 크게 두 번 뛰어 벽으로 올라갔다. 녀석은 그곳에서 벽에 기댄 채 울부짖었다. 피가 후두두 떨어졌다. 루도는 지친 상태로 바닥에 주저앉았다. 그녀 역시 울고 있었다. 그들은 한동안 그렇게 서로를 바라보며 앉아 있었다. 다시 비가 내리기 시작했다. 루도는 자리에서 일어나 원숭이 쪽으로 걸어가 칼을 뽑아 든 뒤 원숭이의 목을 그었다.

다음 날 아침, 루도는 원숭이 고기에 소금을 치면서 반역 안테나가 다시 남쪽을 향하고 있는 것을 보았다.

그 안테나를 비롯해 다른 세 개의 안테나도.

날은 물처럼 흐르고

날이 물처럼 흐른다. 더 이상
일기를 쓸 노트가 없다. 펜도 없다.
나는 벽에다 숯으로 짧게 쓴다.

나는 음식을 아낀다. 물도 아끼고 불도 아끼며 형용사도 아낀다.

나는 형부를 생각한다. 처음에는 그가 싫었다. 그러다가
그의 매력이 보이기 시작했다. 그는 나를 유혹할 수도 있었다.
한 지붕 아래 사는 한 남자와 두 여자. 상당히 위험한 조합이다.

하이쿠(5·7·5의 3구 17음절로 된 일본 고유의 단시)

나는 굴 만하다.

나의 진주들과 이곳에 떨어져 있다.

.

.

.

심연 속 조각들

우연이라는 미묘한 장치

멋진 미소를 지닌 남자는 비엔베누 암브로시우 포르투나투였다. 그 이름을 아는 사람은 별로 없었다. 1960년대 말, 그는 '파피 볼링구'라는 볼레로(발레 작품)를 작곡했다. 프랑수아 루암보 루안조 마키아디(일명 '프랑코')가 연주한 이 곡은 즉각 큰 인기를 끌었고 킨샤사(자이르의 수도)의 라디오에서 밤낮없이 연주되었다. 이렇게 해서 당시 젊은 기타 연주가였던 그는 평생 따라다닐 별명을 얻게 되었다. 스무 살을 갓 넘긴 그는 조제프-데지레 모부투, 일명 '모부투 세세 세코' 정권으로부터 탄압을 받아 파리로 망명했다. 처음에는 나이트클럽 문지기로 일하다가 나중에는 서커스 밴드에서 기타 연주자로 일했다. 프랑스에 머물 때 그는 소규모 앙골라 커뮤니티와 친분을 쌓으며 조상의 국가에 대해 새로이 알아갔다. 그리하여 앙골라가 독립하자마자 짐을 싸서 루안다로 떠났다. 그는 자이르에서 돌아온 앙골라인과 조국을 그리워하는 자이르인들이 자주 참석하는 결혼식을 비롯한 기타 사적인 행사에서 연주하며 돈을 벌었다. 생계를 꾸리는 일이 쉽지 않았으므로 그는 국영 라디오에서 음향 기술자로도 일했다. 5월 27일 아침, 반란군이 그가 일하던 건물에 들어왔을 때, 그는 근무 중이었다. 곧이어 쿠바 군인들이 도착했고 반란군들을 때리고 발로 차며 방송국을 장악하기 시작했다.

이 모든 광경을 보고 싶지 않았던 그가 자리를 떠나려고 할 때, 그의 눈앞에서 군용 트럭 한 대가 자가용 한 대를 들이받았다. 그는 차에 타고 있던 사람들을 구하기 위해 차로 달려갔다. 다친 남자들 중 한 명은 한눈에 누군지 알 수 있었다. 짧고 다부진 팔의 통통한 남자는 라디오 방송국에서 이따금 그를 심문했던 사람이었다. 그 옆에는 큰 키에 이집트 미라처럼 비쩍 마른 젊은 남자가 팔목에 수갑을 차고 있었다. 그는 조금도 망설이지 않았다. 젊은이를 부축해 일으켜 수갑이 채워진 부분을 가린 뒤 자신의 아파트로 데리고 왔다.

"왜 저를 도와주셨지요?"

리틀 치프는 음향 기술자의 아파트에 숨어 지내던 4년 동안 이 질문을 하고 또 했지만 그의 친구는 항상 대답을 피했다. 그저 자유로운 사람답게 크게 웃고는 고개를 저으며 주제를 바꾸었다. 하지만 어느 날, 그는 리틀 치프의 눈을 똑바로 바라보며 이렇게 말했다.

"우리 아버지는 성직자셨네. 훌륭한 성직자인 동시에 훌륭한 아버지

이기도 하셨지. 오늘날까지도 난 자녀가 없는 성직자는 믿지 못한다네. 아버지가 아닌 사람이 어떻게 성직자가 될 수 있단 말인가? 아버지는 약한 자를 도우라고 가르치셨네. 자네가 도보에 나동그라져 있는 것을 보았을 때 내 눈에 자네는 상당히 약해 보였지. 게다가 자네 옆에 있던 그 공안경찰은 내가 다니던 직장에서 사람들을 심문하고 다녔었거든. 나는 사상경찰을 별로 안 좋아한다네. 단 한 번도 좋아한 적이 없지. 그래서 양심에 따라 행동한 것뿐이야."

리틀 치프는 오랫동안 숨어 지냈다. 처음으로 당선된 대통령이 사망한 뒤 정권은 다소 주저하는 듯 실험적으로 개방 정책을 시도했다. 무장 반란군과 관련 없는 정치범은 석방되었다. 정부 단체에서 일하라는 제안을 받은 사람도 있었다. 리틀 치프는 두려움 반 호기심 반으로 루안다 거리로 나섰다. 대부분의 사람이 그가 죽었다고 생각했다. 실제로 그의 장례식에 참석한 적이 있다고 말하는 친구들도 있었다. 그가 살아 돌아온 것에 조금 실망스러워하는 듯한 동료들도 있었지만 마달레나만은 그를 기쁘게 맞이했다. 지난 몇 년 동안 그녀는 스톤 스프라는 비영리 단체를 설립해 루안다 슬럼가에 사는 사람들의 식생활을 개선하는 데 전념했다. 루안다에서 가장 가난한 지역을 찾아가 엄마들을 가르치고 아이들에게 먹을 것을 나눠주는 등 수중에 주어진 한정된 자원으로 그녀가 할 수 있는 모든 일을 하고 있었다.

"돈을 많이 쓰지 않고도 더 잘 먹을 수 있어요." 마달레나는 리틀 치프에게 말했다. "당신네는 사회 정의, 자유, 혁명 같은 거창한 말들로 입을 채우죠. 하지만 그 와중에도 사람들은 여위고 병에 걸릴 뿐 아니라 많은 이들이 죽고 있어요. 연설이 밥을 먹여주진 않아요. 사람들이 필요한 것은 적어도 일주일에 한 번 신선한 야채와 생선 스프를 먹는 거예요. 내가 관심 있는 혁명은 사람들에게 먹을 것을 제공하는 그런 혁명이랍니다."

리틀 치프는 그녀의 말에 크게 공감했다. 그는 하루 세 끼 음식과 숙박, 세탁이라는 상징적인 임금을 받으며 그녀를 돕기 시작했다. 사회주의 제도는 이를 구축한 사람들에 의해 붕괴되었고 그 잔재에서 자본주의가 그 어느 때보다도 강렬하게 솟아났다. 불과 몇 달 전만 해도 점심식사 자리와 파티, 시위, 신문 기사를 통해 물질 만능주의적 민주주의에 반대하던 이들이 이제는 값비싼 옷을 입은 채 번쩍이는 차를 타고 도시를 활보했다.

리틀 치프는 이스라엘 선지자의 수염처럼 덥수룩한 수염을 여윈 가슴팍까지 길렀다. 여전히 상당히 우아했으며 수염을 길렀어도 앳된 모습이 남아 있었다. 하지만 그는 마치 거친 돌풍에 의해 안쪽에서 밀린 것처럼 살짝 왼쪽으로 구부정하게 걷기 시작했다. 어느 날 오후, 부유한 사람들의 차량이 한 무리 지나가는 것을 보자 그는 퍼뜩 다이아몬드가 생각났다. 파피 볼링구의 조언에 따라 로크 산테이루 시장으로 향했다. 그의 손에는 이름이 적힌 종이쪽지가 들려 있었다. 그는 군중 속에서 이리저리 치이다 보니 이러한 혼돈 속에서 누군가를 찾기란 불가능하다는 생각이 들었다. 그 속에서 빠져나오지 못할 것만 같아 두려웠다. 하지만 그것은 잘못된 생각이었다. 그가 길을 물어본 한 상인은 특정한 방향을 가리켰고, 몇 미터 더 가서 물어본 다른 상인은 그 방향이 옳다고 확인시켜줬다. 15분 뒤 그는 한 판잣집 앞에 멈춰 섰다. 문에는 긴 목에 다이아몬드 목걸이가 반짝이는 여성의 상반신이 거친 붓놀림으로 그려져 있었다. 문을 두드리니 분홍색 재킷과 바지를 걸치고 진빨강 넥타이와 모자를 쓴 비쩍 마른 남자가 문을 열었다. 윤이 나는 그의 신발이 어둠 속에서 반짝였다. 리틀 치프는 몇 년 전, 키샤사에 며칠 머무는 동안 파피 볼링구가 소개해준 사퍼를 기억해냈다. '사퍼'는 콩고에서 패션에 민감한 이들을 일컫는 말로, 이들은 가진 돈을 몽땅 써서, 때로는 돈을 빌려서라도 값비싸고 화려한 옷을 사 입고 패션쇼장의 모델처럼 거리를 활보하고 다녔다.

리틀 치프는 안으로 들어갔다. 책상 하나와 의자 두 개가 보였다. 천장에 달린 회전 팬이 천천히 돌아가며 방 안의 눅눅한 공기를 밀어내고 있었다.

"자이므 판길라라 하오." 사퍼는 자신을 소개하며 그에게 앉으라는 손짓을 했다.

판길라는 리틀 치프가 가져온 보석에 관심을 보였다. 우선 석유램프의 빛으로 보석을 관찰했다. 그러고는 창가로 가져가 커튼을 열고는 다시 살펴보았다. 거의 절정에 다다른 강렬한 태양 빛 아래에서 다이아몬드를 손가락 사이로 돌려가며 관찰한 그는 마침내 자리에 앉았다.

"이 보석은 작지만 상당히 훌륭하오. 순도도 높고. 어떻게 이런 보석을 얻게 되었는지 모르겠소만 시장에 내다 팔려면 위험을 감수해야 하오. 7천 달러 드리리다. 그 이상은 안 되오."

리틀 치프는 거절했고, 판길라는 두 배의 액수를 불렀다. 그는 서랍에서 돈뭉치를 꺼내 신발상자에 넣고는 리틀 치프 쪽으로 밀었다.

판잣집에서 나온 리틀 치프는 인근의 술집으로 향했다. 신발상자를 테이블 위에 올려놓고 이 돈으로 무엇을 할지 생각하기 시작했다. 그때 맥주병에 그려진 로고가 눈에 띄었다. 날개를 편 새의 실루엣이었다. 그에게 뜻밖의 다이아몬드를 선물해 줬던 비둘기가 떠올랐다. 그는 플라스틱 원통에 들어 있던 쪽지를 아직 간직하고 있었다. 조금 흐릿하긴 했지만 여전히 읽을 수 있었다.

내일 여섯 시, 늘 만나던 곳에서 만나요. 조심하고, 사랑하오.

누가 쓴 것일까?

디아망 광산 회사의 고위 관리일지도 몰랐다. 리틀 치프는 진지한 표정의 남자가 쪽지를 쓴 뒤 플라스틱 원통에 넣어서 비둘기 다리에 붙이는 모습을 상상해보았다. 비둘기의 부리에 다이아몬드를 한두 개 넣고 날려 보내는 모습을, 비둘기가 잎이 무성한 커다란 망고나무 사이에 파묻혀 있는 한 주택에서 둔두로, 루안다의 위태로운 하늘로 날아가는 모습을 상상했다. 그는 비둘기가 어두운 숲, 간담이 서늘한 강, 대치 중인 수많은 군대 위로 날아가는 모습을 상상했다.

그는 미소를 머금으며 자리에서 일어났다. 이 돈으로 무엇을 해야 할지 깨달았다. 그로부터 몇 달 후 그는 '비둘기 포스트'라는 소규모 배달 서비스를 고안해 사업에 착수했다. 포르투갈어로 비둘기는 킴분도(kimbundo)어에서 '메신저'를 의미하기도 했다. 그는 이러한 우연의 일치가 만족스러웠다. 사업은 번창했고 새로운 프로젝트가 이어졌다. 그는 호텔에서부터 부동산에 이르기까지 다양한 분야에 투자했고 모두 성공했다.

쨍하도록 맑은 12월의 어느 일요일 오후, 그는 리알토에서 파피 볼링구를 만났다. 그들은 맥주를 주문한 뒤 해먹에 누워 있는 것 같은 오후의 나른함 속에서 천천히, 여유롭게 대화를 나눴다.

"사는 건 어때요?"

"그냥 계속 살아가는 거지."

"당신은요? 노래는 계속하나요?"

"자주는 아니고. 요새는 포포가 인기라."

파피 볼링구는 국영 라디오에서 해고된 뒤 악착같이 노력한 끝에 파티장에서 연주하며 생계를 꾸려갔다. 그러던 중 사냥꾼들의 안내원으로 일하는 사촌 한 명이 콩고에서 피그미 하마를 가져다주었다. 그의 사촌은 갓 태어난 하마 한 마리가 죽은 엄마를 절망적으로 바라보고 있는 것을 숲에서 발견해 데리고 왔다고 했다. 파피 볼링구는 하마를 아파트로 데리고 와 젖병으로 우유를 줘가며 키웠다. 그는 하마에게 자이르 룸바를 가르쳐주었고, 포포라 이름 지은 뒤 루안다 외곽의 작은 술집에서 연주할 때마다 하마를 데리고 다니기 시작했다. 리틀 치프는 그 쇼를 몇 번 본 적이 있는데 늘 놀라움을 감출 수 없었다. 문제는 이제 포포가 지나치게 커져버린 것이었다. 난쟁이 하마라고도 불리는 피그미 하마가 다른 종에 비해 작아 보일지 몰라도 다 크면 커다란 돼지만큼이나 커질 수 있었다. 이웃들의 항의가 거세졌다. 개를 키우는 사람은 많았다. 베란다에서 닭이나 염소, 이따금 돼지를 키우는 사람도 있었다. 하지만 하마를 키우는 사람은 없었다. 아무리 예술가라 할지라도 하마는 다른 입주민들을 겁먹게 만들었다. 베란다에 나와 있는 하마를 본 사람들은 돌을 던지기도 했다.

리틀 치프는 자신이 친구를 도울 때가 됐다고 생각했다.

"얼마면 지금 살고 있는 아파트를 파시겠어요? 저는 수도 중심가에 좋은 아파트가 필요해요. 당신은 포포를 기르려면 넓은 농장이 필요하고요."

파피 볼링구는 주저했다.

"나는 이 아파트에 수년 동안 살아서 애착이 있다고. 쉽게 떠날 수 없어."

"오십만 달러면 될까요?"

"오십만 달러? 지금 오십만 달러라고 했나?"

"오십만 달러에 아파트를 살게요. 그 돈으로 근사한 농장을 하나 사세요."

파피 볼링구는 껄껄 웃었다. 하지만 이내 리틀 치프가 농담을 하는 게 아니라는 사실을 알고는 웃음을 거뒀다. 그는 자세를 바로 했다.

"자네가 농담하는 줄 알았는데. 정말로 오십만 달러가 있는 건가?"

"그것 말고도 수백만 달러가 더 있죠. 당신만 좋으라고 이러는 게 아니에요. 저는 이 아파트가 훌륭한 투자처라고 생각해요. 이 건물은 상당히 낡았지만 페인트칠을 하고 새로운 엘리베이터를 설치하면 옛 식민지 시대의 매력을 다시 복구할 수 있을 거예요. 머지않아 장군이나 장관처럼 저보다 돈이 훨씬 많은 사람들이 이 아파트를 사려고 줄을 서겠죠. 그들은 이곳에 사는 사람들에게 떠나라고 엄청 많은 돈을 쥐여

줄 거예요. 순순히 떠나지 않는 사람은 험한 꼴을 보고 강제로 떠나야 할 거고요."

이렇게 해서 리틀 치프는 파피 볼링구의 아파트에 살게 되었다.

실명

시력을 잃고 있다. 오른쪽 눈을 감으면
이제 그림자만 보인다. 모든 것이 혼란스럽다.
나는 벽을 잡고 걷는다. 읽는 것이 쉽지 않다.
태양빛 아래서만 읽을 수 있으며 더욱
강력한 돋보기를 사용한다. 나는 마지막으로 남아 있는 책들,
태우기를 거부한 책들을 다시 읽는다. 나는 지난 세월
나의 동무가 되어 주었던 아름다운 목소리를 태우고 있다.

나는 때때로 생각한다. 내가 미쳤다고.

테라스에서 내다보면 옆집 아파트 베란다에서
하마가 춤을 추는 게 보인다. 환영이겠지.

나는 환영에 대해 잘 안다. 하지만 그럼에도 불구하고 정말로 하마를 보았다.

배고픔 때문일지도 모르겠다. 요새는 거의 먹질 못하고 있다.

나의 쇠약함, 약해지는 시력, 이것들 때문에 나는 책을 읽을 때 더듬는다.

이전에도 여러 번 읽은 페이지지만 이제는 그때와는 다르다.

그 뜻을 잘못 파악하기도 하며, 때로는 그 실수 속에서 놀랍지만 진정한 뜻을 발견하기도 한다.

그 실수 속에서 나는 종종 나 자신을 발견한다.

실수 때문에 더 잘 이해하게 된 페이지도 있다.

방안을 날아다니는 반딧불들의 반짝임.

나는 메두사 해파리처럼 이 눈부신 아지랑이 속을 돌아다닌다.

나는 내 꿈속으로 가라앉는다. 누군가는 이것을 죽음이라 부를 것이다.

태양이 부엌으로 들어와 나를 방문하던 오후들에, 나는 이 집에서 행복했다. 나는 식탁에 앉아 있었고 팬텀이 와서 내 무릎에 머리를 올려놓곤 했다.

아직 공간이 있다면, 숯과 남아 있는 벽이 있다면,
잊음에 관한 위대한 작품을 쓸 수 있을 텐데.
망각에 관한 일반론.

나는 내가 아파트 전체를 거대한 책으로 바꿔놓았다는 것을
깨달았다. 서재를 태운 뒤에, 내가 죽은 뒤에
남아 있는 모든 것은 내 목소리가 될 것이다.

이 집의 모든 벽은 나의 이야기를 전할 것이다.

실종사건 수집가

1997년과 1998년 사이, 스물 세 명의 승무원을 태우고 벨라루스, 러시아, 몰도바, 우크라이나에서 출발한 다섯 대의 비행기가 앙골라 상공에서 사라졌다. 2003년 5월 25일에는 아메리칸 에어라인이 소유한 보잉 727 여객기가 루안다 공항에서 자취를 감춘 뒤 다시는 나타나지 않았다. 그 후 열네 달 동안 앙골라 상공을 지나간 비행기는 단 한 대도 없었다.

다니엘 벤시몰은 앙골라에서 발생한 실종 사건을 수집했다. 온갖 종류의 실종 사건 중 특히 그는 비행기와 관련된 실종 사건을 선호했다. 예수 그리스도나 동정녀 마리아 같은 하늘 위 존재에게 낚아채이는 것이 땅에 집어삼켜지는 편보다 항상 더 흥미로웠다. 하지만 프랑스 작가 시몽 피에르 물람바에게 발생한 것처럼 말 그대로 땅에 집어삼켜지는 사람이나 물체는 상당히 드물었다.

다니엘 벤시몰은 실종 사건을 1등급에서 10등급까지 분류했다. 예를 들어, 앙골라 상공에서 비행기 5대가 사라진 사건은 8등급에 해당했다. 보잉 727 여객기 실종 사건은 9등급, 시몽 피에르 물람바 사건도 역시 9등급이었다.

물람바는 2003년 4월 20일, 루안다에 도착했다. 프랑스문화원의 초대로 레오폴 세다르 상고르의 삶과 업적에 대해 논하는 컨퍼런스에 연사로 참석하기 위해서였다. 큰 키에 잘생긴 외모의 물람바는 항상 쓰는 우아한 펠트 모자를 무심한 듯 보이게 하려고 오른쪽으로 살짝 기울여 썼다. 아프리카를 방문한 것은 처음이었지만, 그는 루안다가 좋았다. 폰타네그라 출신의 라틴 댄스 강사인 그의 아버지는 그에게 앙골라의 열기와 습기에 대해 말하며 여자를 조심하라고 경고했지만 넘치는 생명력, 정신없는 정서, 취하게 만드는 온갖 소리와 냄새에 대해서는 얘기해주지 않았다. 루안다에 도착한 둘째 날, 연설을 마친 직후 그는 엘리자벨라 몬테스라는 건축가 학생의 초대로 일랴의 고급 술집에서 술을 마셨다. 셋째 날에는 엘리자벨라의 여자 친구 두 명과 함께 시칼라 마을에 사는 카보베르데 사람들의 집 뒷마당에서 모르나(카보베르데의 고유 음악)와 콜라데이라(카보베르데의 흥겨운 춤곡)에 맞춰 춤을 추며 시간을 보냈다.

그리고 그가 실종됐다. 그와 점심을 먹기로 한 프랑스 문화 담당관은 그가 약속 장소에 나타나지 않자 작가에게 제공된 산장으로 그를 찾으러 갔다. 바라 두 콴자 인근에 있는 아름다운 산장이었다. 산장 사람들 중 아무도 작가를 보지 못했다고 했다. 그는 핸드폰도 받지 않았다.

방의 침대커버는 사용한 흔적이 없었으며 시트 역시 팽팽했고 베개 위에는 초콜릿이 놓여 있었다.

다니엘 벤시몰은 경찰보다도 먼저 작가의 실종 소식을 접했다. 그는 두 통화 만에 시몬 피에르가 첫날 밤, 어디에서 누구와 있었는지 아주 상세히 알 수 있었다. 그리고 두 통화를 더 한 후에는 작가가 실종 당일 오전 5시에 키나시스 시장에 위치한 디스코텍을 떠났다는 사실을 알게 되었다. 유럽 이민자, 난잡한 10대 소녀, 뮤즈보다는 술을 찾는 데 더 관심 있는 시인들이 자주 찾는 장소였다. 그날 밤, 벤시몰은 디스코텍을 찾아갔다. 땀으로 범벅이 된 뚱뚱한 남자들이 조용히 술을 마시고 있었다. 다른 이들은 어둠 속에 몸을 반쯤 가린 채 어린 소녀들의 맨다리를 만지고 있었다. 소녀 중 한 명이 특히 눈에 띄었다. 붉은색 얇은 리본이 달린 검은색 펠트 모자를 쓰고 있었기 때문이었다. 그가 소녀에게 다가가려고 하자 긴 머리를 하나로 질끈 묶은 금발의 남자가 그의 팔목을 꽉 움켜쥐었다.

"쿼니는 나랑 왔는데."

"걱정 마시오. 물어보고 싶은 게 있을 뿐이오."

다니엘이 그를 안심시켰다.

"우리는 기자를 별로 안 좋아하는데, 당신 기자요?"

"때로는 그렇죠. 하지만 보통 때는 유대인이라 생각하오만."

남자는 당황한 표정으로 그의 팔을 놓아주었다. 다니엘은 퀴니에게 다가갔다.

"안녕하세요, 혹시 그 모자가 어디에서 났는지 알 수 있을까요?"

소녀는 웃으며 말했다.

"어제 여기에 왔던 물라토처럼 생긴 프랑스 남자가 잃어버렸어요."

"그가 모자를 잃어버렸다고요?"

"아니면 모자가 그를 잃어버린 거라 할 수 있겠네요. 사라진 건 그 남자니까. 모자가 절 찾았어요."

소녀는 전날 밤, 노숙하는 한 무리의 소녀들이 클럽을 떠나는 프랑스인을 봤다고 말했다. 그는 조금 걸어가 건물 뒤쪽에서 소변을 눴고 그 다음에 땅이 그를 집어삼켰다고 했다. 남은 거라곤 모자뿐이었다.

"땅이 그를 집어삼켰다고요?"

“그 아이들이 그렇게 말했어요, 아저씨. 퀵 샌드(하구, 호반 등에 보이는 특수한 성질을 갖는 모래땅)일 수도 있고 마법일 수도 있죠. 모르겠어요, 아이들이 막대기로 모자를 끄집어냈어요. 저는 걔들한테서 모자를 샀고요. 이제 이건 제 모자예요.”

다니엘은 디스코텍을 나섰다. 사내 아이 두 명이 상점 창문 앞 인도에 앉아 TV를 보고 있었다. TV 소리는 밖에까지 전달되지 않았기 때문에 둘은 돌아가면서 즉흥적으로 대사를 내뱉고 있었다. 전에 본 적이 있는 영화였다. 하지만 아이들이 만든 새로운 대사는 영화에 완전히 새로운 줄거리를 입히고 있었다. 그는 몇 분 동안 쇼를 관람하다 아이들이 마침내 휴식을 취하려고 하자 그들에게 다가갔다.

“어젯밤 이 근처에서 프랑스 남자 한 명이 사라졌지? 듣기로는 땅이 그를 집어삼켰다고 하던데.”

“맞아요,” 한 아이가 답했다. “정말로 그런 일이 일어났죠.”

“직접 보았니?”

“아뇨, 하지만 바이아쿠는 봤어요.”

다니엘은 그 후 며칠 동안 다른 아이들에게도 같은 질문을 했다. 아이들 모두 시몬 피에르의 죽음을 직접 목격한 것처럼 말했지만 정말 봤냐고 물어보면 사실 그곳에 직접 있지 않았다는 사실을 시인했다. 결국 프랑스 작가를 본 사람은 아무도 없었다. 경찰은 수사에 착수했다.

다니엘의 기준에서 10등급에 해당하는 실종사건은 딱 한 번 발생했다. 그는 이 사건을 직접 목격했다. 1988년 4월 28일, 당시에 일하던 신문사 〈앙골라 저널〉은 그를 노바 에스페란사라는 작은 마을로 취재를 보냈다. 마법의 소행으로 스물다섯 명의 여성이 살해당한 마을이었다. 유명한 코타 코닥, 일명 '케이케이'라는 사진작가도 동행했다. 그들은 상업 여객기를 타고 우암보 공항에 도착했다. 공항에는 그들을 마을로 데려다줄 운전기사가 기다리고 있었다. 마을에 도착한 뒤 다니엘은 족장을 비롯해 부족의 다양한 사람들과 얘기를 나눴고, 케이케이는 그들의 사진을 찍었다. 취재 후 다시 우암보 공항에 도착했을 때는 날이 어두워져 있었다. 다음 날 아침, 그들은 공군 헬리콥터를 타고 마을로 다시 돌아가려고 했지만 조종사가 마을의 위치를 파악할 수 없다고 했다.

"거참 이상하네요." 조종사는 2시간 동안 상공을 맴돌다가 혼란에 빠졌다. "좌표에 아무것도 안 나타나요. 저 아래는 풀만 무성하다고요."

다니엘은 길을 찾지 못하는 젊은 조종사에게 짜증이 났다. 그래서 전날 그들을 마을에 데려다준 운전사를 다시 찾았다. 케이케이는 함께 가기를 거부했다.

"사진 찍을 게 아무것도 없다고요. 없는 걸 찍을 수는 없잖아요."

다니엘과 운전사는 차를 타고 같은 곳을 빙글빙글 돌기만 했다. 마치 꿈을 꾸는 것처럼 계속 똑같은 풍경만이 나타났다. 꿈속인 것처럼 무한한 시간 동안 제자리걸음만 하다 마침내 운전사 역시 당황스러움을 인정했다.

"우리는 길을 잃었소!"

"우리라고요? 길을 잃은 건 당신이오!"

화가 잔뜩 난 운전사는 고개를 돌려, 미친 세상을 그의 책임이라고 여기냐는 듯 다니엘을 노려보았다.

"길이 갈수록 뒤죽박죽이오." 그는 운전대를 주먹으로 쾅쾅, 쳤다.
"아무래도 지리학적인 사고를 당한 것 같소."

바로 그때, 별안간 굽은 길이 불쑥 나타났고, 그들은 멍하고 떨린 상태로 실수 혹은 환영에서 벗어났다. 그들은 마을을 찾지 못했지만 이정표 덕분에 고속도로에 진입해 우암보 공항에 도착할 수 있었다. 케이케이는 호텔에서 기다리고 있었다. 마른 가슴팍에 팔짱을 낀 그의 표정이 어두웠다.

“안 좋은 소식이에요. 필름을 현상했는데 전부 타버렸어요. 장비도 완전히 망가졌고요. 매일 상황이 더 안 좋아지고 있어요.”

신문사에서 노바 에스페란사가 사라졌다는 뉴스에 관심이 있는 사람은 없었다. 마르셀리누 아줌프상 다 보아 모르트 편집장은 웃어넘겼다.

“마을이 사라졌다고? 이 나라에는 항상 모든 것이 사라지고 있다고. 아마 이 나라 전체가 사라지고 있을걸. 이 마을 저 마을, 우리가 알아차린 시점에는 아무것도 남아 있질 않을 거라고!”

2003년, 앙골라 신문사들이 앞다투어 보도한 프랑스 작가 시몬 피에르 물람바의 미스터리한 실종 사건이 발생한 지 몇 주 후, 편집장은 다니엘에게 전화를 걸어 사무실로 오라고 했다. 그는 파란색 봉투를 내밀었다.

“자네에게 줄 게 있네. 실종 사건을 수집하고 있지? 이걸 읽어보게. 뉴스거리가 될 게 있나 살펴보라고.”

편지

친애하는 앙골라 저널 사장님께

제 이름은 마리아 다 피에다드 로렌수 디아스이며 저는 임상 심리학자입니다. 2년 전, 저는 엄청난 사실을 알게 되었습니다. 제가 입양되었다는 사실이었죠. 제 친모는 제가 태어나자마자 저를 입양 기관에 맡겼습니다. 저는 이 사실을 알게 된 후 혼란스러워졌고 친어머니가 그렇게 하신 이유를 알아보기로 했습니다. 루도비카 페르난데스 마누. 이것이 제 친모의 이름입니다. 어머니는 1955년 여름, 낯선 사람에 의해 잔인하게 강간당했고 임신을 하게 되었습니다. 어머니는 이 끔찍한 사건 이후 항상 이모 오데트의 집에 살았습니다. 이모는 1973년 오를란두 페레이라 도수 산토스라는 광산 기술자와 결혼해 루안다로 갔습니다.

어머니와 이모, 이모부는 앙골라가 독립한 후 포르투갈로 돌아오지 않았는데, 루안다에 위치한 포르투갈 영사관에도 이들에 대한 기록이 없습니다. 혹시 신문사에서 제가 친어머니를 찾는 데 도움을 줄 수 있지 않을까 하는 마음에 이 편지를 씁니다.

감사합니다.

마리아 다 피에다드 로렌수 드림.

팬텀의 죽음

팬텀이 잠든 채로 숨을 거뒀다. 마지막 몇 주 동안 팬텀은 아주 조금밖에 먹지 못했다. 사실대로 말하면 제대로 먹은 적이 없었다. 먹을 게 별로 없었다. 녀석이 그렇게 오래 살 수 있었던 이유였다. 한 실험 결과에 따르면 저칼로리 식단을 먹은 쥐의 수명이 급격히 상승했다고 한다.

루도가 일어나 보니 녀석은 죽어 있었다.

루도는 열린 창문을 바라보며 매트리스에 앉아 가녀린 무릎을 껴안았다. 하늘을 올려다보니 성긴 분홍색 구름이 조금씩 형성되고 있었다. 닭들이 테라스에서 꼬꼬댁거렸다. 아이의 울음소리가 마루를 타고 올라왔다. 가슴이 텅 빈 느낌이었다. 무언가 어두운 물질이 그녀 안에서 빠져나가고 있었다. 금이 간 꽃병에서 물이 새어나오듯 차가운 시멘트 바닥으로 미끄러져 내려가고 있었다. 그녀는 이 세상에서 자신을 사랑한 유일한 생명체를 잃었고 눈물조차 나오지 않았다.

그녀는 자리에서 일어났다. 숯을 한 조각 집어 뾰족하게 간 다음 아직 깨끗한 손님방 벽에 글을 쓰기 시작했다.

팬텀이 오늘 밤 죽었다. 이제 모든 것이 의미가 없다.

나의 존재 이유였으며 나를 어루만지고 지탱해 주던 눈길이 이제는 없다.

루도는 종이 상자를 쓰지 않은 채 테라스로 올라갔다. 나른한 하품처럼 하루가 시작되고 있었다. 일요일인 듯 거리는 한산했다. 깨끗한 흰옷으로 차려입은 한 무리의 여자들이 보였다. 그중 한 명이 그녀를 보고는 오른손을 번쩍 들어 반갑게 인사했다.

루도는 뒤로 물러났다.

뛰어내릴 수 있겠다고 생각했다. 한 걸음 앞으로 내디뎠다. 창턱으로 기어 올라가기만 하면 되었다. 그러면 간단한 일이었다.

저 아래 지나가는 여자들은 깃털처럼 가벼운 그림자가 한순간 하늘에 떠 있다가 아래로 떨어지는 걸 보겠지. 그녀는 뒤로 물러났다. 계속해서 뒤로 물러났고, 결국 푸르름, 방대함, 아무 의미 없는 삶일지언정 계속해서 살게 될 거라는 확실성에 몰리게 되었다.

죽음이 내 주위를 맴돈다. 이빨을 드러내며 으르렁거린다.

나는 무릎을 꿇고 맨 목을 내민다. 어서 오렴, 친구.

물어봐. 나를 저세상으로 가게 해다오.

오, 오늘 와놓고 나를 잊었구나.

――――――――――――――――――――――밤. 또다시 밤이다.

나는 낮보다는 밤을 더 많이 센다.――――――――――――――――밤, 그리고 떠들썩한 개구리 소리. 나는 창문을 열고 석호를 본다. 석호가 둘로 갈라진 밤――――――――――――――――――――――비가 온다.

모든 게 넘쳐흐른다. 밤이 되면 마치 어둠이 노래를 부르는 것 같다.

밤은 물결처럼 높이 올라가 건물을 집어삼킨다.

나는 또다시, 비둘기를 돌려주었던 여자를 생각한다.

그녀는 광대뼈가 도드라지고 키가 크며 아름다운 여인이 그러하듯 약간은 거만한 태도를 지니고 있다. 그녀는 라고아 둑을 따라 리우데자네이루 거리를 걷는다(서재에서 브라질에 관한 그림책을 몇 권 발견해 사진을 본 적이 있다). 자전거를 탄 사람들이 그녀를 지나간다. 그녀에게 눈길을 한 번 준 사람은 절대로 그 눈길을 거두지 못한다.

그 여자의 이름은 사라다. 나는 그녀를 사라라 부른다.

그녀는 모딜리아니 그림 속에서 나온 것처럼 생겼다.

신을 비롯한 다른 작은 어리석음에 관해

신의 존재가 우리의 한정된 이해력을 넘어서는 것일지언정
나는 오만한 인간성을 믿느니 차라리 신을 믿겠다.

수년 동안 나는 순전히 게으름 때문에 스스로를 신앙인이라고 불렀다. 언니에게, 그리고 다른 사람들에게 신을 믿지 않는 이유를 설명하기란 쉽지 않았을 것이다. 나는 남자도 믿지 않았다. 하지만 이는 사람들이 쉽게 받아들일 수 있는 것이었다. 나는 지난 몇 년 동안, 신을 믿기 위해서는 우선 인간성을 믿어야 한다는 사실을 알게 되었다. 인간성 없이는 신도 없다.

나는 계속해서 신도, 인간성도 믿지 않는다.
팬텀이 죽은 이후 나는 그의 영혼을 숭배하고 있다.

나는 그에게 말을 건다. 그가 내 말을 듣고 있다고 믿는다.
억지로 상상해서가 아니라 완전히 다른 능력을 동원해서 믿는다.
사람들은 이것을 비이성적이라고 부를지도 모르겠지만.

나는 혼잣말을 하고 있는 걸까?

아마 그럴지도. 신과 대화를 나눈다고 으스대는 성인들처럼.
나는 그들보다는 덜 오만하다.
나는 개의 따뜻한 영혼과 대화를 나눈다고 믿으며
나 자신과 대화를 나눈다.
어찌 됐든, 이 대화는 나에게 도움이 된다.

엑소시즘

나는
기도문처럼 짧은
산문을 쓴다.

단어는
퇴치된
수많은
악마다.

나는
부사와
대명사를

잘라낸다.

나는 팔목의 힘을
아낀다.

루도가 루안다를 구한 날

거실 벽에는 무쿠발 부족이 단체로 춤추는 모습을 담은 수채화가 걸려 있었다. 루도는 이 그림을 그린 예술가 알바누 네브스에 소사를 만난 적이 있다. 재미있고 장난기 많은 남자로 형부의 옛 친구였다. 그녀는 처음에는 이 그림이 마음에 들지 않았다. 그녀가 싫어하는 앙골라에 대한 모든 것이 이 그림 속에 담겨 있었기 때문이다. 기쁨의 이유나 길조 따위를 축복하는 미개인들의 모습이 그녀는 꽤 낯설게 느껴졌다. 하지만 침묵과 외로움의 날들이 이어지자 삶이 정말로 그렇게 우아하게 기릴만한 가치가 있다는 듯 불 주위로 원을 그리며 도는 이들을 향해 조금씩 애정이 싹트기 시작했다.

루도는 가구를 태웠고 수천 권의 책을 태웠으며 그림도 전부 태웠다. 모든 것을 다 태우고 더 이상 태울 게 없어지자 이 그림을 벽에서 내렸다. 그리고 못을 뽑으려고 했다. 단순히 미적인 이유에서였다. 더 이상

걸만한 그림이 없는 상태에서 그곳에 못이 박혀 있는 건 잘못되어 보였다. 바로 그때, 아마 이 금속 조각이 벽을 받치고 있을지도 모른다는 생각이 들었다. 어쩌면 건물 전체를 지탱하고 있는지도. 그녀가 못을 뽑아버리면 도시 전체가 붕괴될지도 모른다.

루도는 못을 뽑지 않았다.

유령, 그리고 거의 치명적인 사고

구름 한 점 없이 11월이 지나갔다. 12월도 지나갔다. 2월이 왔고 공기는 바짝 말라 쩍 갈라졌다. 루도는 석호가 메마르는 것을 보았다. 처음에는 어두워졌고 그 다음에는 풀이 거의 흰색에 가까운 금색이 되더니 밤마다 시끌벅적하던 개구리 울음소리가 더 이상 들리지 않았다. 루도는 남아 있는 물병의 개수를 세었다. 얼마 되지 않았다. 수영장에 고인 흙탕물을 퍼서 주었던 닭들은 모두 병에 걸려 죽었다. 옥수수와 콩은 여전히 남아 있었다. 하지만 요리를 하려면 물이 많이 필요했고, 그녀는 물을 아껴야 했다. 루도는 또다시 배고파졌다.

어느 날 아침, 악몽 때문에 일찍 잠에서 깬 루도가 비틀거리며 부엌으로 갔더니 식탁 위에 롤빵이 놓여 있었다.

"빵이라니!"

그녀는 믿을 수 없다는 듯 양손으로 빵을 움켜잡았다.

빵 냄새를 맡으니 어릴 적 기억이 떠올랐다. 언니와 해변에서 버터 바른 빵을 반으로 쪼개던 기억이었다. 빵을 한 입 베어 물었다. 마지막 조각까지 넘기고 나서야 루도는 자신이 울고 있다는 것을 깨달았다. 그녀는 몸을 부르르 떨며 자리에 앉았다.

누가 그녀에게 빵을 가져다준 걸까?

누군가 창문을 통해 빵을 던졌을지도 모른다. 그녀는 어깨가 떡 벌어진 젊은이가 하늘로 빵을 던지는 모습을 상상했다. 작은 원호를 그리며 그녀의 식탁 위로 떨어지는 빵. 비가 내리기를 기원하는 신비로운 주술의 일부로 누군가가 이제는 거의 말라버린 석호에서 하늘로 빵을 던졌을지도 모른다. 상당히 먼 거리였으므로 이 큄반다(아프리카 전통 주술) 주술사는 빵 던지기의 일인자였으리라. 그날 밤, 그녀는 일찍 잠이 들었다. 천사가 그녀를 찾아오는 꿈을 꾸었다.

다음 날 아침, 루도는 식탁에서 빵 여섯 조각, 구아바 젤리 캔, 커다란 코카콜라 병을 발견했다. 그녀는 자리에 앉았다. 심장이 방망이질했다. 누군가 그녀의 집을 들락날락하고 있었던 것이다. 그녀는 자리에서 일어났다. 최근 몇 달 동안 시력이 점점 더 나빠지고 있었다. 해가 지면서 집 안이 어두워지면 그녀는 본능에 따라 움직이기 시작했다. 그녀는 테라스로 올라가 건물의 오른쪽 파사드로 향했다. 유일하게 창문이 없는 면으로 몇 미터 떨어진 다른 건물과 마주하고 있었다. 상체를 구부리자 비계가 보였다. 옆 건물을 에워싸고 있는 비계가 거의 그녀의 아파트 건물까지 이어져 있었다. 침입자는 바로 이 비계를 따라

올라온 것이었다. 그녀는 계단을 내려갔다. 긴장해서 그런 건지 어두워서 그런 건지 발을 헛디뎠고 허우적거리며 계단에서 굴러떨어졌다. 그러고는 기절했다. 정신을 차리고 보니 좌측 대퇴골이 부러진 상태였다. 이렇게 죽는 거구나, 그녀는 생각했다. 정체 모를 아프리카 병에 걸려서가 아니라, 식욕이 없거나 탈진해서가 아니라, 강도에 의해 살해당해서가 아니라, 태양이 머리 위에 떨어져서가 아니라, 가장 유명한 물리 법칙의 음모로 죽게 되는 거구나.

두 물체의 질량이 각기 m1, m2이고 두 물체 사이의 거리가 r이라고 할 때 이 두 물체가 부딪히는 충격은 각 물체의 질량에 비례하고 둘 사이의 거리에 반비례한다는 법칙.

루도는 부족한 질량 덕분에 목숨을 건진 것이다. 그녀의 몸무게가 20킬로그램 정도 더 나갔더라면 그 충격은 엄청났을 것이다. 다리를 타고 고통이 전해지면서 몸의 왼쪽이 마비되고 정신이 흐려졌다. 그녀는 한동안 그 자리에서 움직이지 못했다. 그 사이에 밤은 잔뜩 지친 아카시아의 목을 조르는 보아뱀처럼 거리와 광장에 척하고 감겼다. 고통은 울부짖었고 그녀를 물어댔다. 입안이 건조해졌다. 그녀는 혀를 내밀어 보려고 했다. 혀가 마치 목구멍에 끼인 코르크인 양 자신의 일부로 느껴지지 않았기 때문이다.

루도는 식품창고에 넣어둔 코카콜라를 생각했다. 15미터 정도만 몸을 끌고 가면 될 터였다. 그녀는 팔을 뻗어 시멘트 바닥에 손을 짚고는 몸을 쭉 폈다. 도끼날로 다리를 베어버린 것만 같았다. 그녀는 비명을 질렀다. 자신의 비명 소리에 스스로도 놀랐다.

"이러다 건물 사람을 죄다 깨워버리겠어." 그녀는 웅얼거렸다.

실제로 그녀의 비명 소리는 옆집에 사는 리틀 치프를 깨웠다. 그는 키안다가 나오는 꿈을 꾸고 있었다. 며칠째 같은 꿈이었다. 꿈속에서 그는 한밤중에 베란다에 갔다. 석호에서 빛이 번쩍였다. 둥글고 흥겨운 무지갯빛은 강해졌고, 그는 자신의 몸이 가벼워지는 것을 느꼈다. 빛이 올라와 그와 만나려는 순간 그는 잠에서 깼다. 이번에는 평소보다 일찍 깼다. 갑자기 진흙과 개구리가 폭발하면서 빛이 소리를 질렀기 때문이었다(혹은 그에게 그렇게 보였기 때문이었다). 그는 침대에 앉았다. 숨이 찼고 가슴이 콩닥거렸다. 이 방에서 숨어 지내던 때가 생각났다. 그는 가끔 개가 짖는 소리를 듣곤 했다. 어떤 여자가 옛날 노래를 부르는 소리가 멀리서 들려오기도 했다.

"이 건물에는 귀신이 산다니까." 파피 볼링구가 그에게 말했었다.

"마치 유령 개처럼 누구도 본 적 없는 개가 짖는단 말이지. 그 개는 벽을 통과할 수 있다고들 해. 잘 때는 조심해야 할 걸세. 개가 벽을 통과해 오면서 멍멍, 짖지만 그저 짖는 소리만 들릴 뿐 아무것도 보이지 않거든. 그 소리는 자네 꿈에도 슬쩍 들어온다네. 온통 개 짖는 소리뿐인 꿈을 꾸기 시작하는 거지. 아래층에 사는 유스타키오라는 한 젊은 기능공은 어느 날 아침 일어나 보니 더 이상 말을 할 수 없었지. 그저 개 짖는 소리만 냈어. 사람들은 그를 용한 주술사한테 데려갔고, 주술사는 닷새 후에야 유스타키오의 머리에서 개의 영혼과 개 짖는 소리를 없앨 수 있었다네."

리틀 치프는 전부터 이 건물의 구조가 독특하다고 생각했다. 복도를 가로막고 있는 벽이 이상하게 느껴졌다. 다른 층에는 이 같은 벽이 없었다. 이 층에 다른 아파트가 있는 게 분명했다. 하지만 도대체 어디에 있단 말인가?

한편, 불과 몇 미터 떨어지지 않은 벽 반대편에서는 루도가 부엌으로 힘겹게 이동하고 있었다. 부엌에 가까워질수록 자신에게서 멀어지는 기분이었다. 첫 아침 햇살이 비출 때까지도 그녀는 여전히 거실에 있었다. 부엌문에서 2미터 정도 떨어진 상태였다. 열 때문에 몸이 펄펄 끓고 있었지만 고통보다는 갈증이 더 참기 힘들었다. 오후 2시쯤, 그녀는 마침내 부엌문에 다다랐다. 그러곤 기절했다. 눈을 떠 보니 자신 앞에 얼굴이 희미하게 보였다. 손을 들어 눈을 비볐다. 얼굴은 여전히 그 자리에 있었다. 깜짝 놀란 커다란 두 눈을 지닌 한 사내아이의 얼굴처럼 보였다.

"너는 누구니?"

"제 이름은 사발루에요."

"비계를 타고 이 집에 들어왔니?"

"네, 비계를 타고 올라왔어요. 사람들이 페인트칠을 하려고 옆 건물에 비계를 설치해 놨거든요. 비계가 할머니네 테라스까지 거의 이어져 있길래 그 위에 궤짝을 놓은 다음에 그걸 밟고 올라왔어요. 별로 어렵지 않았어요. 그나저나 할머니는 어찌 된 거예요? 떨어지신 거예요?"

"몇 살이니?"

"일곱 살이요. 할머니는 죽는 거예요?"

"나도 모르겠다. 이미 죽었다고 생각하기 시작했거든. 물, 물 좀 다오."

"돈 좀 있으세요?"

"그래, 내가 가진 돈을 전부 줄 테니 물 좀 갖다 다오."

사내아이는 자리에서 일어났다. 그러고는 주위를 훑어보았다.
"여기에는 뭐가 없는데요? 가구조차 없잖아요. 할머니는 저보다 더 가난해 보이시는데 돈이 어디에 있어요?"

"물!"

“알았어요, 할머니. 진정하세요. 탄산음료를 갖다 드릴게요.”

사내아이는 부엌에서 코카콜라를 가져왔다. 루도는 벌컥 들이마셨다. 그 달콤한 맛에 온몸에 전율이 흘렀다. 설탕 맛을 느껴본 게 몇 년 만이던가. 그녀는 사내아이에게 서재에 가서 돈이 들어 있는 지갑을 가져오라고 말했다. 사발루가 돌아오더니 지폐 뭉치를 흩뿌리며 크게 웃었다.

“이것들은 더 이상 돈이 아니에요, 할머니. 아무런 가치가 없다고요.”

“저기에 은식기가 있으니 그걸 가져가렴.”

아이는 또다시 웃었다.

“그건 이미 가져갔죠. 모르셨어요?”

“몰랐다. 어제 빵을 가져온 것도 너였니?”

“그저께에요. 의사를 부를까요?”

“아니, 아니, 그러지 마라!”

“그럼 이웃집 사람을 부를까요? 이웃집 사람은 있을 거 아니에요.”

“안 돼! 아무도 부르지 마라.”

“사람들을 싫어하세요? 저도 사람들을 싫어해요.”

루도는 울기 시작했다.

“그만 가렴, 어서 가.”

사발루는 자리에서 일어났다.

“밖으로 나가는 문은 어디 있어요?”

“문은 없단다. 왔던 길로 돌아가렴.”

사발루는 배낭을 맨 뒤 사라졌다. 루도는 깊은 숨을 들이쉬고 벽에 기댔다. 고통이 가시고 있었다. 아이더러 의사를 부르라고 해야 했을지도 몰랐다. 하지만 의사가 오면 경찰과 기자도 따라올 텐데, 테라스에는 시체가 묻혀 있는 상태였다. 차라리 이곳에서 죽는 편이 나았다. 지난 30년 동안 살아온 것처럼 갇혀 있지만 자유롭게.

자유롭게?

그녀는 건물 측면에 쿵 하고 부딪히는 한 무리의 사람들, 그리고 자동차 경적과 호루라기 소리, 울음소리, 애원하는 소리와 저주를 퍼붓는 소리가 뒤섞인 온갖 소란을 내려다볼 때면 포위당하고 위협받는 느낌이 들어 소름이 끼쳤다. 루도는 밖에 나가고 싶을 때면 서재에서 책을 찾아보곤 했다. 하지만 가구와 문, 나무 바닥 타일을 다 태운 뒤 책들을 태우기 시작하면서 자유를 잃고 있다는 느낌이 들었다. 지구 전체를 소각하고 있는 기분이었다. 조르지 아마두를 태웠을 때는 일례우스와 상 살바도르를 방문할 수 없게 되었고, 조이스의 《율리시스》를 태웠을 때에는 더블린을 잃었다. 《세 마리의 슬픈 호랑이》를 태웠을 때는 옛 아바나를 잃었다. 이제 남은 책은 100권도 채 되지 않았다. 그녀는 읽기 위해서라기보다는 고집 때문에 이것들을 간직했다. 이제는 시력이 상당히 나빠져서 거대한 돋보기를 사용해도, 사우나에 있는 것처럼 땀에 흠뻑 젖는 직사광 아래에서 책을 보더라도, 오후 내내 겨우 한 페이지를 읽을 수 있을 뿐이었다. 최근 몇 달 동안 그녀는 남아 있는 책에서 가장 좋아하는 구절을 아직 깨끗한 벽면에 커다랗게 쓰기 시작했다. '얼마 안 있으면 정말로 수감자 신세가 되겠군.' 그녀는 생각했다. '감옥에 살고 싶지는 않은데.' 그녀는 잠이 들었다가 나지막한 웃음소리에 깼다. 사발루가 다시 그녀 앞에 서 있었다. 이글거리는 태양을 등지고 선 아이의 가녀린 윤곽이 눈에 들어 왔다.

"왜 또 왔니? 식기는 이미 가져갔잖니. 더 이상 남은 게 없단다."

사발루는 다시 웃었다.

“맙소사, 할머니. 벌써 돌아가신 줄 알았어요.” 사발루는 배낭을 루도의 발아래 내려놓았다. “약을 가져왔어요. 많이요. 도움이 될 거에요.” 그는 바닥에 앉았다. “콜라랑 음식도 더 가져왔어요. 구운 통닭 어떠세요? 배고프세요?”

둘은 그곳에서 함께 빵과 통닭을 나눠 먹었다. 사발루는 진통제와 소염제 등 가져온 약을 보여주었다.

“로크 산테이루 시장에 갔었어요. 약을 파는 사람한테 가서, 아빠가 엄마를 때려서 엄마 팔이 부러졌는데 병원에 가기를 꺼려하신다고 말했죠. 그랬더니 이 약들을 주더라고요. 은식기를 판 돈으로 이 약을 샀어요. 그러고도 돈이 많이 남았죠. 근데 할머니 집에서 자도 될까요?”

사발루는 루도를 일으켜 방으로 데리고 간 뒤 침대 위에 눕혔다. 그러고 나서 자신도 그 옆에 누워서 잠이 들었다. 다음 날 아침, 사발루는 시장에 가서 채소, 성냥, 소금, 다양한 향신료와 소고기 2킬로그램을 사왔다. 캠핑할 때 사용하는 작은 부탄가스 통이 달린 휴대용 버너도 사왔다. 아이는 요리도 직접 했다. 침대 바닥에서 루도의 지시를 따라 음식을 만들었고, 그들은 맛있게 먹었다. 아이는 설거지를 하고 그릇을 치웠다. 그러고는 호기심 어린 눈으로 집안을 돌아다녔다.

"여긴 책이 참 많네요."

"많다고? 그래, 많았었지. 이제는 별로 없어."

"전 이렇게 많은 책을 본 적이 없어요."

"책을 읽을 수 있니?"

"저는 글을 읽는 데는 별로 소질이 없어요. 학교도 고작 1년 밖에 못 다녔는걸요."

"내가 좀 가르쳐 주랴? 읽는 걸 가르쳐 줄 테니 나에게 책을 읽어 다오."

루도는 회복하는 동안 사발루에게 읽기와 체스 두는 법을 가르쳐 주었다. 사발루는 체스를 두는 데 제법 소질이 있었다. 아이는 체스를 두면서 자신이 바깥 세상에서 어떻게 살았는지 루도에게 이야기해주었는데, 루도는 마치 먼 행성의 비밀을 알려주는 외계인의 얘기를 듣는 듯한 기분이 들었다. 그러던 어느 날 오후, 사발루는 비계가 치워져 있는 것을 발견했다.

"이제 어떻게 밖으로 나가죠?"

루도는 조바심이 났다.

"나도 모르겠어!"

"흠, 할머닌 어떻게 들어오셨어요?"

"난 들어오지 않았단다. 항상 이 집에 살았지."

사발루는 무슨 말인지 모르겠다는 듯 그녀를 쳐다보았다. 루도는 결국 아이를 현관문으로 데리고 갔다. 문을 열고 그녀가 30년 전에 아파트를 건물의 다른 부분과 분리하기 위해 쌓아 올린 벽을 보여주었다.

"이 벽 반대편에 세상이 있단다."

"벽을 부숴도 될까요?"

"그래, 하지만 난 두렵구나. 너무 두려워."

"두려워하지 마세요, 할머니. 제가 지켜드릴게요."

아이는 곡괭이를 가져왔다. 대여섯 번을 크게 내리치자 벽에 구멍이 생겼다. 구멍 사이로 반대편에 깜짝 놀란 리틀 치프의 얼굴이 보였다.

"너는 누구지?"

사발루는 곡괭이를 두 번 더 내리쳐 구멍을 크게 만든 후 자신을 소개했다.

"제 이름은 사발루 에스테방 카피탄구입니다, 시뇨르(선생님). 저는 지금 벽을 부수느라 바쁘답니다."

리틀 치프는 재킷에 묻은 석고가루를 털어낸 뒤 두 걸음 뒤로 물러섰다.

"맙소사, 너는 대체 어느 별에서 온 거니?"

아이는 열세 살의 나이에 이제 막 가수의 길로 접어든, 형편없는 옷차림의 깡마른 엘자 소아레스가 아리 바호주로부터 똑같은 질문을 받았을 때(그의 뒤로 관객들이 그녀를 비웃고 있었고, 집에서는 그녀의 첫째 아이가 죽어가고 있었다.) 멋들어지게 응수했던 말을 이용해 '배고픔의 별에서 왔어요.'라고 대답할 수도 있었을 것이다. 하지만 사발루는 엘자 소아레스나 아리 바호주에 대해 들어본 적이 없었기 때문에 그저 어깨를 으쓱하고는 미소를 지으며 대답했다.

"우리는 여기에 살아요."

"우리라고?"

"저와 할머니요."

"거기에 산다고? 그쪽에도 아파트가 있니?"

"그럼요."

"거기에 얼마나 오래 살았니?"

"늘 살았죠."

"정말이니? 그렇다면 어떻게 밖으로 나오지?"

"우리는 밖에 나가지 않았어요. 그냥 여기에 살았죠. 하지만 이제 밖으로 나가볼까 해요."

리틀 치프는 놀라움을 금치 못하며 고개를 저었다.

"좋아, 좋아. 벽을 다 부순 다음에는 복도를 깨끗이 청소하렴. 먼지 한 톨이라도 남아 있으면 안 돼, 알겠니? 이제 이곳은 더 이상 슬럼가가 아니야. 식민지 시대 때 그랬던 것처럼 고급스럽고 세련된 건물이지."

리틀 치프는 자신의 아파트로 돌아갔다. 부엌 냉장고에서 맥주를 꺼내 베란다로 가 마셨다. 가끔 그는 초라한 행색에 미친 상태로 거리와 광장을 몇 시간이고 돌아다니던 때를 그리워했다. 태양 빛을 흠뻑 받은 세상에는 수수께끼가 없었다. 당시에는 모든 것이 투명하고 명쾌해 보였다. 종종 저녁 시간에 나타나 짧지만 유쾌한 대화를 나누곤 했던, 온갖 모습의 신조차도.

무티티 블루스(1)

오늘날 무쿠발 부족의 수는 5천 명이 되지 않지만 이들은 상당히 넓은 지역에 걸쳐 살고있다. 나미베 주의 절반보다도 넓은 지역이다. 오늘날 그들은 가치 있게 여기는 대상에 있어서는 부족함이 없다. 엄청난 양의 소를 갖고 있기 때문이다. 그들의 영토는 북동 지역을 제외하고는 전쟁의 직접적인 영향을 거의 받지 않았다. 최근 몇 년 동안에는 적어도 소를 기를 만큼은 충분한 양의 비가 왔다(비가 상당히 많이 내리던 시절이 있었고 최악의 가뭄은 한동안 발생하지 않았다). 하지만 앙골라가 취한 노선 때문에 그들은 음식이 부족한 상황에 처했다. 그들은 소를 옥수수와 교환할 수 없다. 소가 이렇게나 많은데 굶주려야 하는 이 명백한 모순은 그들이 겪는 또 하나의 흔치 않은 현상이다. 하지만 앙골라 또한 그렇지 않은가? 석유가 이렇게 많은데 말이다…….

루이 두아르테 드 카발로, 『무쿠발 양치기에 관한 간략한 소개』

몬트는 쪼그리고 앉았다. 그러고는, 허리를 꼿꼿하게 편 상태로 몇 미터 앞에 앉아 있는 노인을 뚫어지게 쳐다봤다. 눈부신 하늘이 어지러워 똑바로 바라보기 힘들었다. 그는 가이드 쪽으로 고개를 돌렸다.

"저 노인은 물라토요?"

가이드가 미소를 지었다. 질문이 불편한 모양이었다.

"아마도요. 70년 전쯤 이곳에 온 백인들이 있었죠. 당시에는 그런 일이 일어났답니다. 지금도 그렇고요. 이 자들은 방문객에게 아내를 내주지요. 모르셨나요?"

"들어본 적이 있소."

"정말로 그렇게 한답니다. 하지만 여자가 거절하면 그걸로 끝이지요. 꼭 그래야 하는 건 아니거든요. 이곳 여자들은 생각보다 힘이 있어요."

"그렇겠지. 이곳뿐만 아니라 전 세계 어딘들. 결국 여성이 모든 권력을 쥐게 될 거요."

그는 노인에게 말을 걸었다.

"포르투갈어를 하시오?"

노인은 오른손을 머리 위로 들어 올렸다. 붉은색과 노란색 줄무늬가 쳐진 굉장히 근사한 모자를 쓰고 있었다. 그는 몬트를 도전적인 눈빛으로 말없이 쳐다본 뒤 입을 열어(이빨이 거의 없었다) 조금 웃어 보였다. 선명한 공기 속으로 먼지처럼 퍼지는 부드러운 웃음이었다. 노인 옆에 앉아 있던 사내가 가이드에게 몇 마디 했고 가이드가 이를 통역해주었다.

"노인은 말을 하지 않는다고 하네요. 한 번도 말한 적이 없다는데요."

몬트는 자리에서 일어났다. 셔츠 소매로 얼굴의 땀을 닦아냈다.

"몇 년 전 만난 한 남자가 생각나는군. 그는 죽었소. 안타깝지. 그를 다시 죽이는 것도 정말 좋을 텐데. 이제 나이가 드니 그때 일어났던 일들이 놀랄 정도로 선명하게 기억나오. 옛 사진첩을 뒤척이며 시간을 보내는 누군가가 내 머리에 들어가 있는 것처럼 말이오."

그들은 몇 시간 동안 마른 강둑을 따라 걸었다. 몬트는 과거 동료였던 한 장군으로부터 부름을 받았다. 그는 딸에게 물려줄 거대한 토지를 매입해 토지 주위로 튼튼한 장벽을 세워 무쿠발 양치기가 전통적으로 방목하던 통로를 차단해버렸다. 이로 인해 총성이 오갔고 양치기 한 명이 부상을 입었다. 다음 날 젊은 무쿠발 양치기들이 농장을 공격해 장군의 열네 살짜리 손자를 납치하고 소 스무 마리의 목을 갖고 달아났다.

몬트는 노인을 향해 두 발짝 다가갔다.

"팔목 좀 봐도 되겠소? 오른쪽 팔목말이오."

노인은 붉은색과 오렌지색이 다양하게 섞인, 허리춤에서 끈을 묶는 단순한 옷을 입고 있었다. 그는 수십 개의 목걸이를 걸치고 있었고 팔목에는 번쩍이는 두툼한 구리 팔찌를 차고 있었다. 몬트가 팔을 내밀어 노인의 팔찌를 제치려는 순간 누군가가 그를 강타했다. 노인 옆에 앉아 있던 남자가 벌떡 일어나 몬트의 가슴을 세게 내리친 것이다. 그는 뒤로 자빠졌다. 겨우 몸을 일으켜 몇 미터 기어간 뒤, 호흡을 가다듬고 침착함을 유지하려고 기침을 했다. 그의 뒤에서는 격렬한 논쟁이 일고 있었다. 마침내 몬트는 가까스로 자리에서 일어났다. 하지만 소동은 사람들을 불러들였다. 윤기 나는 구릿빛 피부의 젊은이들이 장관을 이루며 기적처럼 노인 주위로 몰려들었다. 그들은 기다란 막대기를 흔들며 춤 동작을 재현했고, 폴짝 뛰어오르며 소리를 질렀다. 가이드는 공포에 질려 뒤로 물러났다.

"이거 상황이 안 좋아지고 있소. 이곳에서 나갑시다!"

루안다로 돌아온 몬트는 술집에 앉아 맥주를 마시면서 우아하지는 않지만 생생한 이미지를 동원해 가며 굴욕스러운 사건을 얘기하고 있었다.

"우리는 개처럼 도망쳐 나왔지. 먼지를 하도 먹어서 그때 이후로 벽돌같은 똥이 나온다니까."

실종 사건이 밝혀지는 방식(거의 두 가지), 혹은 마르크스의 말을 빌리자면, '견고한 모든 것이 대기 속에 녹아 버리는' 방식

마그누 모레이라 몬트는 빛줄기 하나 없는 아침, 수원(水源)을 잃어버린 강 같은 느낌으로 자리에서 일어났다. 바깥에서는 보슬비가 약해지고 있었다. 아내는 속옷 차림에 샌들을 신고 침대에 앉아 머리를 빗고 있었다.

"끝이야." 몬트가 말했다. "더 이상은 안 되겠어."

마리아 클라라는 엄마같이 차분한 표정으로 남편을 바라보았다.

"여보, 그 정도면 됐어요. 이제 우리는 행복할 수 있어요."

2003년, 정당이 취한 새로운 노선에 그는 몸서리를 쳤다. 옛 이상을 버리고 시장 경제에 굴복하며 자본주의 세력에 빌붙는 것을 용납할 수 없었던 그는 정보기관에서 나와 사립 탐정으로 새로운 인생을 시작했다. 그는 지인들의 도움으로 경쟁사나 대형 절도, 실종 인물에 대한 정보를 얻고자 하는 사람들을 고객으로 확보했다. 남편의 불륜을 입증하는 증거를 원하는 절박한 아내, 아내를 감시해달라며 상당한 금액을 제안하는 질투 많은 남편 역시 그를 찾았다. 하지만 몬트는 경멸적으로 '나쁜 일'이라 부르는 이러한 의뢰는 받지 않았고, 다른 동료를 추천해주곤 했다.

어느 날 오후, 유명한 사업가의 아내가 그의 사무실로 찾아왔다. 자리에 앉은 그녀는 〈원초적 본능〉의 샤론 스톤마냥 다리를 꼬았다 푼 뒤 단박에 이렇게 내뱉었다.

"남편을 죽이고 싶어요."

"뭐라고요?"

"천천히. 아주 천천히요."

몬트는 의자에 앉은 상태로 몸을 앞으로 숙였다. 그녀가 침묵을 깨주기를 기다리며 오랫동안 아무 말 없이 그녀를 쳐다봤다. 여자는 시선을 떨구지 않았다.

"10만 달러를 주겠어요."

몬트는 그 사업가를 알고 있었다. 마르크스주의가 절정일 때 공공사업으로 이곳저곳에서 뒷돈을 챙기기 시작한 부도덕한 기회주의자였다.

"하는 일 치고는 너무 많은 돈이군요."

"그럼 하시겠단 거죠?"

"왜 남편을 죽이고 싶은 건가요?"

"남편이 바람피우는 게 진절머리나요. 남편이 죽는 걸 보고 싶어요. 하실 거죠?"

"아니요."

"안 하신다고요?"

"예, 안 하겠습니다. 일말의 후회도 없이 죽일 수 있어요. 특히 천천히라면 즐거움조차 느낄 수 있겠죠. 하지만 당신은 나에게 적절한 동기부여를 제공해주지 않았습니다."

여자는 화가 잔뜩 나서 자리를 박차고 일어섰다. 그리고 몇 주 후, 이 기업가의 죽음이 신문에 보도되었다. 그는 차 안에서 강도한테 저항하다가 총에 맞아 죽었다.

몬트는 이따금 시몬 피에르 물람바의 실종 사건에 대한 얘기를 들을 때마다 입가에 미소가 번지는 것을 참을 수 없었다. 사람들은 이 미소를 불쾌하게 받아들였다. 그들은 선천적으로, 그리고 후천적으로 회의론자인 이 고집 센 마르크스주의자가 일반적인 미신을 비웃는다고 생각했다. 사실, 이 사건이 발생할 당시 몬트는 작전이 실패한 것에 화가 나 있었다. 비록 온갖 혼동으로 인한 실수가 뜻밖의 만족스러운 결과를 낳았다고는 해도 그는 자신의 실패든, 다른 사람의 실패든 그것을 받아들일 수 없었다. 결국 그 일 이후 그는 정보기관을 그만두었다. '지푸라기 하나가 내 무한한 인내심의 척추를 꺾은 꼴이었지'라고 그는 친구들에게 말했다.

전쟁은 끝났다. 포르투갈, 브라질, 남아프리카, 이스라엘 등지에서 온 사업가들은 빠른 속도로 재건되고 있는 앙골라에서 단기간에 돈을 벌기 위해 루안다의 호텔에 모여 의기투합하고 있었다. 한편, 호텔 꼭대기 층, 에어컨이 갖춰진 화려한 사무실에서는 실종사고 전문 기자 다니엘 벤시몰을 죽이라는 명령이 떨어졌다. 벤시몰은 몇 주 동안 조종사, 기계공, 사업가, 창녀, 여행사 직원, 야당 정치인, 정부 직원을 비롯한 온갖 종류의 사람들을 찾아다니며 보잉 727 여객기의 실종과 관련해 질문해댔다. 45톤에 달하는 금속 물체, 보잉 727기는 불가사의하게도 새벽녘에 자취를 감춰버렸다.

'견고한 모든 것은 대기 속에 녹아 버린다.' 몬트는 중얼거렸다. 마르크스에 대해 생각하며, 그리고 마르크스처럼 생각하며. 그는 비행기가 아니라 자본주의 체제에 대해 생각했다. 앙골라에서 폐허 속 곰팡이처럼 번성하고 있는 자본주의 체제는 벌써 모든 것을 부식시키고 부패시켜 스스로의 종말을 초래하고 있었다.

몬트는 그 기자를 알았다. 많은 이들이 악마에게 영혼을 파는 세상에서, 정직하고 이상주의적이기까지 한 기자라고 생각했다. 벤시몰이 자신의 이름을 걸고 작성하는 기사는 유머를 다소 가미했다고는 해도 새로운 부르주아들을 화나고 거슬리게 하는 골칫거리였다. 그는 19세기 중반 벵겔라에 정착해 기독교 신자가 되고 원주민과 결혼한 모로코 유대인의 자손이었다. 그의 조부인 알베르토 벤시몰은 널리 존경받고 사랑받는 의사로, 앙골라의 프리메이슨에게 주어지는 '쿠리베카' 소속이었다. 이 단어는 오빔분두 부족으로부터 나온 말로 자신을 소개하거나 바친다는 의미다. 벵겔라, 카툼벨라, 모사메드스에 회원을 둔 쿠리베카는 1860년에 창립되었으며 수많은 독립주의자의 봉기에 영감을 주었다. 벤시몰은 할아버지의 솔직함과 대범함을 물려받았는데, 몬트는 이 점을 높이 샀다. 때문에 그를 죽이라는 명령을 받았을 때 그는 혐오감을 감출 수 없었다.

"이 나라는 미쳤어. 죄인이 보상받는 세상이라니."

그가 두 명의 장교 앞에서 자신감 있게 큰 소리로 내뱉은 이 말은 그

중 한 명의 귀에 상당히 거슬렸다. 그 장교가 자세를 똑바로 고치며 말했다.

“세상이 변했소. 정당은 이 변하는 세상에 발맞춰 현대화하는 방법을 알고 있지. 그래서 우리가 아직 이곳에 있는 거고. 역사의 발전 과정을 좀 생각하라고. 공부 좀 하게나. 자네가 우리와 얼마나 오래 일했는가? 상당히 오래 일하지 않았나? 우리를 배반하기엔 늦었다고 생각하네만.”

다른 장교가 어깨를 으쓱했다.

“몬트 동무는 도발적인 걸 좋아할 뿐이오. 항상 그랬잖소. 선동가 에이전트. 그게 저 사람 스타일인걸.”

몬트는 결국 그들을 따르기로 했다. 명령에 복종하고 명령을 하고. 삶은 결국 그런 것이었다. 그는 기자를 지켜보았다. 벤시몰은 매주 토요일 바라 두 콴자에 위치한 작은 산장에서 방갈로를 대여해 유명한 정치인의 아내를 만났다. 그는 오후 4시쯤 도착했다. 그의 연인은 1시간 후 도착했고 그다지 오래 머물지 않았다. 하지만 벤시몰은 다음 날 아침까지 그곳에 머물며 식사를 한 뒤에야 집으로 돌아갔다. 남들 눈에 띄지 않기 위한 전형적인 수법이었다.

몬트의 친한 지인 중에는 뱀과 야자수 나무를 수집하는 이가 있었다.

울리 폴라크라는 이 남자는 국가보안부가 일으킨 앙골라 혁명을 틈타 앙골라가 독립한 지 몇 달 후 루안다에 도착했다. 그는 자신보다 열다섯 살이나 어린 벵겔라 여자와 결혼해 두 명의 자녀를 낳았다. 동독이 붕괴된 후 그는 앙골라 시민권을 취득했다. 말이 거의 없는 신중한 이 남자는 직접 기른 포셀린 로즈를 팔아 생계를 유지했다. 그는 스테그 힐 옆에 집을 지었는데, 그 집에는 전체에서 바다가 내려다보일 정도로 큰, 광장만한 원형 베란다가 있었다. 그는 바다가 어둠을 집어삼킬 때 그곳에서 친구를 맞이했다. 둘은 편안한 고리버들 의자에 앉아 맥주를 마시고 있었다. 그들은 앙골라의 상황, 이라크의 침공, 루안다의 혼란스러운 상태에 관해 얘기를 나눴다. 울리는 어둠이 모든 것을 잠식할 때까지 기다렸다.

"교통 상황에 관해 얘기하러 여기까지 온 건 아닐 테고."

"맞아. 자네의 뱀이 좀 필요하다네."

"언젠가 자네가 나타나 이런 부탁을 할 거라 생각했지. 나는 내 뱀들을 좋아한다네. 녀석들은 무기가 아니야."

"나도 잘 알고 있네. 자네에게 하는 마지막 부탁이 될 걸세. 자네가 플로리스트로서 새 출발을 한다고 결정했을 때 많은 이들이 비웃었지. 하지만 훌륭한 결정이었네."

"자네도 할 수 있어."

"꽃으로? 나는 꽃에 대해 아는 게 없어."

"꽃, 제빵, 탁아시설, 장례식…. 이 나라에서는 모든 것이 막 시작되고 있어. 어떤 사업도 가능하다네.

"사업?" 몬트는 웃었다. 쓰디쓴 웃음이었다. "나는 돈을 굴리는 데에는 젬병이야. 최고의 사업도 내가 운영하면 망할 걸. 나는 그저 근근이 먹고살게 뻔하네. 그 부분에서는 이미 포기했다네. 어쨌든 뱀 좀 빌려주고 사업 얘긴 그만 집어치우자고."

다음 날 저녁, 울리 밑에서 일하는 말란제 출신의 건장한 남자 키손드는 방탄 장치를 한 채 다니엘 벤시몰이 머무는 산장으로 향했다. 자정이 지난 시간이었다. 보슬비가 내리고 있었다. 키손드는 방갈로 6호의 문을 두드렸다. 큰 키에 잘 생긴 물라토 남자가 문을 열었다. 그는 흰색 줄무늬가 쳐진 고급스러운 파란색 실크 파자마를 입고 있었다. 키손드는 그에게 총구를 겨누며 왼쪽 집게손가락을 입술에 갖다 댔다.

"쉬, 아무 말도 마시오. 당신이 다치는 걸 원치 않으니까."

그는 상대를 안으로 밀어 넣고 의자에 앉게 했다. 그러고는 총구를 계속 겨눈 상태로, 재킷 주머니에서 약병을 꺼냈다.

"두 알을 삼키시오. 자리에 누우면 세상모르게 잠들 거요. 내일이면 기분 좋게 잠에서 깨게 될 거고. 그저 조금 더 가난해지게 될 뿐이오."

계획에 따르면, 다니엘 벤시몰은 알약을 삼킨 뒤 몇 분 후 잠이 들 터였다. 그러면 키손드는 두꺼운 가죽 장갑을 낀 뒤 울리에게서 가져온 산호뱀을 배낭에서 꺼내 뱀의 목을 잡고 기자의 목을 물도록 할 것이다. 그러고 난 다음 침대에 뱀을 남겨 놓고 누구의 눈에도 띄지 않은 채 조용하고 깔끔하게 그곳을 떠날 거였다. 다음 날 아침, 청소 아줌마가 시체와 뱀, 약병을 보고는 소리를 지를 것이다. 수많은 외침과 울음이 이어지고, 장례식장에서는 훌륭한 추도문이 낭독될 터였다. 완전 범죄였다.

그러나 안타깝게도, 그 물라토는 시나리오대로 따르기를 거부했다. 약을 삼키고 잠드는 대신, 프랑스어로 욕을 내뱉고는 약을 바닥에 집어 던졌다. 남자가 자리에서 일어나려고 하는 순간, 키손드는 그를 난폭하게 때려눕혔다. 남자는 입술이 터지고 피를 심하게 흘리면서 침대에 나자빠져 기절했다. 키손드는 계획대로 밀어붙였다. 그의 목구멍에 약을 쑤셔 넣고 장갑을 낀 뒤 배낭을 열어 뱀의 머리를 잡고 남자의 목을 물게 하려고 했다. 바로 그때, 또 다른 예상치 못한 일이 발생했다. 뱀이 그 남자가 아닌 키손드의 코를 콱 물어버린 것이다. 키손드는 뱀을 떼어내려고 했지만 뱀은 호락호락하지 않았다. 마침내 그는 뱀을 홱 잡아당겨 바닥에 던져버린 뒤 발로 여러 번 짓밟았다. 그는 침대에 앉아 떨리는 손으로 배낭에서 핸드폰을 꺼내 몬트에게 전화를 걸었다.

"보스, 문제가 생겼어요."

산장 입구에 차를 대고 기다리고 있던 몬트는 연락을 받자마자 방갈로 6호로 달려갔다. 문이 닫혀 있었다. 문을 살짝 두드렸지만 아무도 나타나지 않았다. 그가 문을 더 세게 두드리자 마침내 문이 열렸고 속옷 차림에 머리가 부스스한 다니엘 벤시몰이 멀쩡한 모습으로 나타났다.

"죄송합니다, 괜찮으십니까?"

기자는 깜짝 놀란 표정으로 눈을 비볐다.

"괜찮지 않을 이유가 있습니까?"

몬트는 서툰 변명을 지어냈다. 다른 투숙객이 비명 소리를 들었다며 올빼미가 먹이를 사냥하는 소리였거나 발정 난 고양이 소리였거나 누군가가 악몽을 꿨나 보다, 라며 다시 미안하다고 사죄하고는 놀란 기자에게 남은 저녁 시간을 잘 보내라고 말한 뒤 물러났다. 그는 키손드에게 전화를 걸었다.

“젠장, 자네 대체 어디 있는 거야?”

신음 소리가 들렸다. 목소리가 떨리고 있었다.

“저 죽어요, 보스. 빨리 오세요.”

순간, 몬트는 어떻게 된 건지 알 것 같았다. 방갈로 9호로 달려갔다. 금속 숫자판의 상단 부분이 헐거워져서 아래로 돌려지는 바람에 숫자 6이 되어 있었다. 문이 조금 열려 있었고, 그는 안으로 들어갔다. 키손드가 문을 바라보며 앉아 있었다. 그의 얼굴은 부어 있었고 코는 더 부어 있었으며 눈꺼풀이 아래로 처져 있었다.

“저 죽어요, 보스.” 그가 이제 어떡해야 하냐는 듯 손을 천천히 들어 올리며 말했다. “뱀이 저를 물었어요.”

그 뒤로 입에서 피가 흐르는 또 다른 남자가 보였다.

“제기랄, 키손드. 이 남자는 뭐야? 대체 누구냐고?”

그는 책상 옆에 놓인 의자에 걸린 재킷을 향해 돌진했고, 주머니를 뒤져 지갑과 여권을 찾았다.

"프랑스인이잖아! 망할, 자네가 프랑스인을 죽였다고!"

그는 지프카를 몰고 와 키손드를 조수석에 앉혔다. 그리고 시몬 피에르의 시신을 옮기려던 순간, 산장 경비원이 나타났다.

"오" 몬트는 안도의 한숨을 내쉬었다. 안 좋은 상황이었지만 그나마 운이 따랐다. 그 경비원은 힘든 시절 몬트와 함께 일했던 사람이었다. 그가 차렷 자세를 취했다.

"동무!"

그는 몬트를 도와 시몬 피에르를 지프카의 뒷자석에 실었다. 그리고 깨끗한 시트를 가져와 침대를 정리한 뒤 방을 청소했다. 뱀은, 정확히 말하면 남아 있는 뱀의 일부는, 키손드의 배낭에 넣었다. 뒤처리가 모두 끝나고 몬트는 경비원에게 이 모든 에피소드를 잊으라는 뜻으로 백 달러를 쥐여주고 그곳을 떠나려고 했다. 그때, 프랑스 남자가 루안다를 돌아다닐 때 썼던 펠트 모자가 눈에 띄었다.

"이 모자는 내가 가져가겠소. 옷도 좀 가져가고. 파자마를 입은 상태에서 실종되는 사람은 없으니까."

그는 키손드를 군인 병원에 데려다줬다. 그리고 한 시간을 운전해 몇 년 전 매입한 부지로 향했다. 루안다의 소음으로부터 멀리 떨어진 그곳에 나무로 집을 짓고 파란색 페인트로 칠한 뒤 아내와 함께 노년을 보낼 예정이었다. 그는 거대한 바오밥 나무 옆에 지프카를 세웠다. 드럼 가죽처럼 둥글고 팽팽한 구릿빛 달이 반짝이는 사랑스러운 밤이었다. 그는 트렁크에서 삽을 가져와 비에 젖은 부드러운 흙 속에 무덤을 파기 시작했다. 시쿠 부아르키의 옛 노래가 떠올랐다.

"당신이 누워 있는 이 무덤/ 손으로 잰 이 무덤은/ 당신이 이승에서 원하는 가장 적은 몫이라네/ 이 무덤은 딱 좋은 크기/ 지나치게 깊지도 않지/ 이 농장 전체에서 당신에게 허락된 부분"

그는 바오밥 나무에 기대 계속해서 흥얼거렸다.

"이 무덤은 상당히 크지/ 당신의 시신을 담기엔/ 하지만 당신은 큰 사람이 될 거라네/ 이승에서보다 훨씬 더."

몬트는 우암보에서 고등학교를 다녔는데, 2학년 때 〈세베리노의 삶과 죽음〉을 상영한 아마추어 연극부에 가입한 적이 있었다. 조앙 카브랄 드 멜루 네투가 쓰고 시쿠 부아르키가 작곡한 희곡이었다. 이 경험은 그가 세상을 바라보는 방식을 변화시켰다. 그는 브라질 북동 지역의 가난한 소작농을 연기하면서 식민지 체제의 모순과 부당함을 이해했다. 1974년 4월, 그가 리스본에서 법을 공부할 때 거리는 혁명의 물결로 가득했다. 그는 비행기 표를 사서 루안다로 돌아와 혁명에 착수했다. 수년이 지났고 이제 그는 이곳에서 운이 지지리도 없었던 작가를 묘비도 없는 무덤에 묻으며 〈노동자의 장례식〉을 흥얼거리고 있었다.

그는 새벽 4시에 루안다로 돌아왔다. 이제 무엇을 할지, 프랑스인의 실종을 어떻게 정당화할지 생각하고 있었는데, 키나시스 시장을 지나가는 순간 좋은 생각이 났다. 그는 차를 주차하고 차에서 내려 죽은 시인의 모자를 들고 시몬 피에르가 그날밤을 보냈던 쿼자즈라는 나이트클럽 옆에 위치한 건물의 뒤쪽으로 갔다. 그는 모자를 축축한 바닥에 올려놓았다. 근처 쓰레기통 옆에서 한 아이가 자고 있었다. 그는 아이를 세게 흔들어 깨웠다.

"방금 봤니?"

아이는 무슨 일이냐는 듯 벌떡 일어났다.

"뭘 봐요, 아저씨?"

"저기, 모자가 있는 데 말이야. 저기서 키 큰 물라토가 오줌을 누고 있었는데 갑자기 땅이 그를 집어삼켰지 뭐냐. 모자만 남았어."

아이는 여드름투성이 얼굴을 그에게로 향하며 눈을 크게 떴다.

"와, 진짜요? 아저씬 정말로 봤어요?"

"이 두 눈으로 똑똑히 봤고말고. 땅이 남자를 삼켜버렸어. 빛이 번쩍거리더니 남자가 사라졌지 뭐야. 그러곤 모자만 남았지."

그들은 어안이 벙벙해서 모자를 뚫어져라 쳐다봤다. 그들의 놀란 모습에 주변에 있던 다른 세 명의 꼬맹이가 겁먹은 듯하면서도 도전적인 태도로 다가왔다.

"무슨 일이야, 바이아쿠."

바이아쿠는 의기양양해하며 그들을 바라봤다. 그 후로 며칠 동안 사람들은 이 아이의 이야기에 귀 기울였고, 그의 이야기를 듣기 위해 주위로 몰려들었다. 좋은 이야기가 있는 사람이 왕인 법이므로.

사발루와 그의 죽은 엄마

사발루가 벽을 무너뜨린 날, 루도는 그에게 자신이 가장 두려워하는 사실을 고백했다. 자신이 한 남자를 죽였으며 그 시신을 테라스에 묻었다는 사실이었다. 사발루는 그 애기에 별로 놀라지 않았다.

“그건 한참 전 일이잖아요, 할머니. 그 남자조차 기억하지 못할 거예요.”

“그 남자?”

“트리니타라는 그 죽은 남자요. 우리 엄마는 죽은 사람은 기억상실증에 걸린다고 말씀하셨어요. 그들은 살아 있는 자가 자신을 기억하지 못할 경우 더 심한 기억상실증에 걸린대요. 할머니가 그 남자를 매일 기억하니 잘된 일이에요. 그 남자를 기억하실 때 웃으셔야 해요. 춤을 추셔야 하고요. 팬텀에게 얘기하듯 트리니타라는 남자에게 말을 건네야 해요. 대화는 죽은 자를 차분하게 해줘요."

"그것도 엄마가 말해준 거니?"

"네, 엄마는 제가 어렸을 때 돌아가셨어요. 저는 버려졌죠. 저는 엄마에게 말을 걸지만 이제는 저를 보호해주는 손길이 없어요."

"너는 여전히 어린아이야."

"그럴 수가 없어요, 할머니. 엄마의 손길이 없는데 어떻게 어린애가 될 수 있겠어요?"

"내가 엄마가 되어주마."

루도는 누군가를 안아본 지 한참이 되었다. 그녀가 서툴게 안는 바람에 사발루가 그녀의 팔을 들어올려야 했다. 루도의 무릎에 스스로 둥지를 튼 것은 사발루 쪽이었다. 나중에야 사발루는 엄마에 관해 얘기했는데, 간호사였던 그녀는 시신을 불법으로 거래하는 행위에 반대하다가 목숨을 잃고 말았다. 북쪽 도시에 위치한 그녀가 일하던 병원에서는 시신이 가끔 사라졌다. 직원 중에는 주술사에게 장기를 팔아 얼마 안 되는 봉급보다 4배나 많은 액수를 챙기는 이들이 있었다. 사발루의 엄마인 필로메나는 이 부패한 직원들에 반대하기 시작했고 나중에는 주술사에게 맞서기까지 했다. 그녀는 곧 보복을 당하기 시작했다. 퇴근하려고 할 때 그녀 쪽으로 차가 폭발해 그녀를 거의 칠 뻔했고 다섯 번이나 집을 도둑맞았다. 사람들은 그녀의 집 문에 부적을 못질해 놓고 모욕과 협박을 담은 쪽지를 붙여놓았다. 하지만 그 무엇도 그녀를 막지 못했다.

그러던 10월의 어느 아침, 시장에서 한 남자가 그녀에게 다가가 칼로 배를 찔렀다. 사발루는 엄마가 바닥으로 쓰러지는 것을 보았다. 엄마는 낮은 목소리로 말했다.

"달아나렴, 아들아!"

상투메 출신의 필로메나는 젊은 앙골라 장교의 반짝이는 눈, 널찍한 어깨, 편안한 웃음에 반해 임신한 상태로 루안다에 왔다. 장교는 그녀를 루안다에서 북쪽 도시로 데려갔다. 그곳에서 8개월 동안 그녀와 함께 살면서 사발루의 출생을 지켜본 뒤 남쪽으로 임무를 수행하러 떠났다. 그는 며칠 후에 돌아올 예정이었지만 다시는 돌아오지 못했다.

사발루는 과일 바구니, 맥주 상자, 새들이 짹짹거리는 고리버들 새장을 넘어뜨리며 시장을 가로질러 뛰어갔다. 그 뒤에서는 격렬한 소동이 벌어졌다. 사발루는 집에 도착할 때까지 한 번도 멈추지 않았다. 집에 도착한 그는 무엇을 해야 할지 몰라 허둥지둥했다. 그때 문이 열리더니 검은색 옷을 입은 구부정한 남자가 독수리처럼 그를 덮쳤다. 사발루는 그를 피해 도로로 굴렀고 자리에서 일어나 뒤도 돌아보지 않고 다시 달렸다.

한 트럭 운전사가 그를 루안다까지 데려다주기로 했다. 사발루는 그에게 사실대로 얘기했다. 엄마는 죽고 아빠는 사라졌으며 루안다에 가서 친척을 찾을 수 있기를 바란다고. 그는 아버지 마르시아누 바로수가 육군 장교였고 남쪽으로 임무를 수행하러 갔다가 돌아오지 못했다는 사실을 알고 있었다. 또한 그의 아버지가 루안다 출신이라는 것도 알았으며 친할아버지가 넓은 키나시스 광장에 살았다는 것도 알았다. 그는 엄마가 그 이름을 언급했던 것을 기억했다. 엄마는 그 넓은 광장에 한때 석호가 있었으며 그 검은 물에는 인어가 살았다고 말했다.

트럭 운전사는 사발루를 키나시스 광장에 내려주며 사발루의 주머니에 지폐를 몇 뭉치 찔러 주었다.

“일주일 동안 방을 빌리고 음식을 사 먹기엔 충분할 거야. 그동안 아버지를 찾기를 바란다.”

사발루는 낙심한 상태로 몇 시간 동안 정처 없이 돌아다녔다. 처음에는 은행 문 바깥에 주둔하고 있는 뚱뚱한 경찰에게 다가갔다.

“실례지만 선생님, 바로수 장군을 아시나요?”

경찰은 사발루를 쏘아보았다. 그의 눈은 분노로 이글거렸다.

"저리 꺼져, 게으름뱅이 녀석아. 꺼지라고!"

야채를 파는 아주머니가 사발루를 가엽게 여겼다. 그녀는 잠시 장사를 멈추고 아이의 말을 들어주었다. 다른 사람들을 불러 물어보기도 했다. 그중 한 명이 쿠카 건물에 살던 아당 바로수를 알았는데, 그는 몇 년 전 죽었다고 했다.

사발루가 배가 고파 작은 술집에 들어갔을 때는 이미 늦은 시간이었다. 그는 걱정을 한가득 안은 채 자리에 앉아 스프와 콜라를 주문했다. 식사를 마치고 자리를 떠나려는데, 상당히 안 좋은 피부에 얼굴이 부은 사내애가 그를 벽에 밀어붙였다.

"내 이름은 바이아쿠다. 나는 키나시스의 왕이다." 그는 공원 중간에 세워져 있는 여인상을 가리키며 말했다. "저 여자는 내 왕비다. 긴가 왕비지. 난 긴강 왕이고. 돈 좀 있냐?"

사발루는 울면서 뒷걸음질 쳤다. 다른 사내아이 두 명이 어둠 속에서 나타나 바이아쿠 옆에 서더니 사발루가 도망가는 것을 막았다. 그 둘은 똑같은 모습이었다. 둘 다 핏불테리어처럼 땅딸막하고 다부져 보였으며 눈은 흐리멍덩했고 안으로 말린 입에 그악스러운 미소를 짓고 있었다. 사발루는 주머니에 손을 넣고 돈을 보여주었다. 바이아쿠는 지폐를 낚아챘다.

“좋았어, 오늘 밤은 우리와 함께 재워주지. 저기, 상자가 있는 데 말이야. 우리가 너를 보살펴줄테니 내일부터 일을 시작하도록. 이름이 뭐지?”

“사발루.”

“좋아. 사발루. 이쪽은 디오구다!”

“어느 쪽이?”

“둘 다. 둘 다 디오구지.”

사발루가 이 두 몸이 한 사람이라는 것을 이해하는 데에는 시간이 걸렸다. 그들은 동시에 움직였다. 아니 수중발레를 하는 사람처럼 호흡에 맞춰 흔들리는 편에 가까웠다. 그들은 몇 개 안 되는 똑같은 단어를 동시에 내뱉었다. 똑같이 웃었고 똑같이 울었다. 디오구를 본 임산부는 기절했고 아이들은 달아났다. 하지만 디오구는 전혀 악의가 없어 보였다. 그는 수리남 벚나무처럼 얼마 되지 않고 자주도 아니었지만 태양 아래 열매를 맺는 이로운 존재였다. 불굴의 의지에서라기보다는 태만의 결과였다. 바이아쿠는 디오구가 대형 호텔 밖에서 쿠두루(1980년대 앙골라에서 발생한 음악이자 춤. 빠른 템포에 활기차고 춤추기에 알맞다)를 부르고 추게 해서 돈을 벌었다. 외국인들은 열광했고 후한 팁을 주었다. 한 포르투갈 기자는 쿠두리스타에 관한 짧은 기사를 실었는데, 디오구가 바이아쿠의 어깨에 팔을 두른 사진도 실렸다. 바이아쿠는 이 기사를 오려서 항상 바지 주머니에 넣고 다녔다. 그는 자랑스러워 보였다.

"나는 거리의 사업가라고."

사발루는 세차를 하기 시작했다. 번 돈은 바이아쿠에게 몽땅 줬고, 바이아쿠는 모두에게 나눠 줄 음식과 자신을 위한 담배와 맥주도 샀다. 때로는 맥주를 너무 많이 마시기도 했는데, 그럴 때면 말이 많아져 자신만의 철학을 늘어놓았다.

"진실은 거짓말을 할 줄 모르는 사람의 평범한 신발이지."

그는 화를 잘 냈다. 한 번은 바이아쿠가 교통 체증에 걸려 있는 지프차의 뒷자석에서 훔친 작은 배터리 구동 라디오를 디오구가 다른 아이들이 훔치도록 내버려 뒀다. 그날 밤, 바이아쿠는 호수 옆에 불을 질렀다. 그는 철판을 시뻘게질 때까지 달군 후 디오구를 불러서 한쪽 손을 잡고는 철판에 갖다 댔다. 디오구의 양 몸이 절망적으로 뒤틀렸다. 두 입이 높은 소리로 울부짖었다. 사발루는 살이 타는 냄새와 디오구의 괴로워하는 모습에 고통스러운 나머지 토를 했다.

"네놈은 약해빠졌어." 바이아쿠가 말했다. "너는 절대 왕이 될 수 없어."

그 날부터 바이아쿠는 사발루를 남자로 만들기 위해, 그는 절대로 왕이 될 수는 없었으므로 그저 남자로 만들기 위해, 좀도둑질할 때 그를 데리고 다니기 시작했다. 그들은 보통 부르주아들이 차를 타고 귀가하는 늦은 오후에 활동을 개시했다. 교통 체증이 몇 시간이고 이어지는 때였다. 이럴 때면 질문을 하기 위해, 혹은 에어컨이 고장 나서 바람을 쐬기 위해 창문을 여는 불쌍한 사람들이 꼭 있기 마련이었다. 바로 그 때 바이아쿠가 불쑥 나타나 여드름투성이 얼굴을 들이밀고는 이글거리는 눈을 부릅뜬 채 그들의 목에 유리조각을 갖다 댔다. 그러면 사발루는 창문으로 손을 집어넣어 지갑, 시계 등 손에 닿는 것은 죄다 훔쳤다. 둘은 큰 소리로 협박하는 사람들, 요란한 경적, 이따금 들리는 총소리를 뒤로하고 미친 듯이 도망쳤다.
비계를 오르자고 한 것은 바이아쿠의 생각이었다. 그는 사발루에게 명령했다.

"올라가서 열려 있는 창문이 있는지 본 다음 쥐도 새도 모르게 들어가. 나는 못해. 높은 데만 올라가면 토할 것 같거든. 게다가 높이 올라갈수록 내 자신이 작아지는 기분이야."

사발루는 테라스로 올라갔다. 죽은 닭들이 보였다. 계단을 내려가니 아파트가 보였다. 가구도 없고 문도 없고 바닥재도 없는 뼈만 앙상하게 남은 아파트였다. 벽은 온통 글자와 이상한 그림으로 뒤덮여 으스스한 느낌을 풍겼다. 그는 천천히 계단 쪽으로 돌아왔다. 바이아쿠에게 아무 것도 없다고 말했다. 하지만 그는 다음 날 비계를 다시 올라갔다. 이번에는 얼마 남아 있지 않은 바닥 타일을 가로질러 가봤다. 한 늙은 여인이 침실 매트리스 위에서 자고 있었고 한쪽 구석에는 옷들이 놓여 있었다. 연기로 그을린 벽으로부터 떨어져 있는 부엌만이 이 집에서 유일하게 정상적인 공간처럼 보였다. 부엌에는 상단이 대리석으로 된 무거워 보이는 식탁과 오븐, 냉장고가 있었다. 사발루는 주머니에서 롤빵을 꺼내(그는 항상 주머니에 롤빵을 넣고 다녔다) 식탁 위에 올려놓았다. 서랍을 열어보니 은식기가 보였다. 그는 은식기를 배낭에 넣고 그곳에서 나왔다. 바이아쿠에게 은식기를 건네자 바이아쿠는 감탄하며 휘파람을 불었다.

"잘했어, 돈은 좀 없었나? 보석은?"

루안다 거리보다도 더 심한 가난이 그곳에 있었다. 사발루는 없었다고 말했지만 바이아쿠는 믿지 않았다.

"내일 다시 올라가 봐."

사발루는 그저 고개를 끄덕였다. 그는 빵을 살 돈을 달라고 했다. 그리고 다음날 빵과 버터 한 조각, 콜라 한 병을 배낭에 넣고 다시 건물을 기어 올라갔다. 그가 빈손으로 돌아온 것을 보자 바이아쿠는 폭발했다. 사발루에게 올라타서 때리고 발길질을 했다. 디오구가 그의 팔을 잡고 떼어낼 때까지 사발루의 머리와 목을 계속해서 걷어찼다. 다음 날, 사발루는 또다시 테라스로 올라갔다. 이번에는 루도가 바닥에 뻗어 있는 게 보였다. 그는 깜짝 놀라 다시 내려갔다. 바이아쿠에게 약을 사게 돈을 달라고 했다. 늙은 여인이 계단에서 떨어져 쓰러져 있다고 했다. 상당히 안 좋은 상태인 것 같다고도 했다. 하지만 바이아쿠는 듣지 않았다.

"네 등에 날개가 달린 것 같진 않은데, 사발루. 날개가 없다면 넌 천사가 아니야. 그 할망구는 그냥 죽게 내버려 두라고."

사발루는 아무 말도 하지 않았다. 그는 바이아쿠와 디오구를 따라 로크 산테이루에 가서 은식기를 팔았다. 그리고 기둥 위에 세워진 왁자지껄한 시장 안 술집에서 점심을 먹었다. 사발루는 바이아쿠가 맥주를 마실 때까지 기다렸다. 그러고 난 뒤 용기를 내어 은식기를 가져온 것은 자신이니 자신의 몫에 해당하는 돈을 달라고 말했다. 바이아쿠는 화를 냈다.

"왜 돈이 필요한데? 네놈이 필요한 건 내가 다 주는데. 나는 너에게 아버지와도 같다고."

"그럼 돈을 좀 보게라도 해줘. 그렇게 많은 돈을 한 번도 본 적이 없어서."

바이아쿠가 두툼한 돈 뭉치를 건넸다. 그러자 사발루는 갑자기 돈을 움켜쥐고는 테라스에서 뛰어내려 모래 바닥으로 떨어졌다. 몸을 일으키자 무릎에서 피가 났다. 그는 군중들을 헤치며 달려갔다. 바이아쿠는 테라스 너머로 몸을 구부리고는 온갖 욕과 협박을 퍼부었다.

"도둑놈! 개자식! 죽여 버릴 테다!"

사발루가 약과 음식을 사서 키나시스 시장으로 돌아왔을 때는 늦은 시간이었다. 바이아쿠가 비계 옆에서 디오구와 함께 자신을 기다리고 있는 게 보였다. 그는 다른 아이에게 다가가 지폐 다섯 장을 건넸다.

"바이아쿠에게 내가 베르드 술집에서 기다리고 있다고 전해."

아이는 뛰어가 메시지를 전달했다. 바이아쿠는 자리에서 벌떡 일어나 반대쪽으로 가기 시작했고 디오구가 뒤를 따랐다. 사발루는 비계를 올라갔다. 테라스에 도착할 때까지 제대로 숨을 쉴 수 없었다.

다니엘 벤시몰이 루도의 실종 사건을 조사하다

다니엘 벤시몰은 마리아 다 피에다드 로렌수 디아스의 편지를 꼼꼼히 두 번 읽었다. 그는 지질학자인 아버지의 친구에게 전화를 걸었다. 평생 다이아몬드 탐사에 전념한 분으로, 비탈리누는 오를란두를 잘 알고 있었다.

"괜찮은 친구였지만 상당히 추잡했지. 뻣뻣하고 깡마른 사람으로 장식 단추가 달린 셔츠를 입은 것처럼 항상 잔뜩 긴장한 채로 서 있었어. 사람들은 그를 스파이크라고 불렀지. 그와 커피 한잔하고 싶어 하는 사람은 아무도 없었네. 그는 친구가 별로 없었어. 앙골라가 독립하기 직전 사라졌지. 혼란을 틈타 보석을 챙겨 브라질로 달아났다고 들었네."

다니엘은 온라인으로도 오를란두에 관해 조사했다. 오를란두 페레이라 도스 산토스라는 이름을 가진 사람이 수백 명이나 되었다. 몇 시간 동안 자신이 찾는 남자에 관한 것일지도 모르는 온갖 단서와 글을 읽었다. 하지만 그에 대한 어떠한 실마리도 찾을 수 없었다. 이상하다 싶었다. 브라질에서, 혹은 아프가니스탄이나 수단, 부탄이 아닌 국가에서 20년 정도 살았던 오를란두 같은 남자라면 인터넷상에 어떠한 흔적이라도 남겨야 했다. 그는 비탈리누에게 다시 전화를 걸었다.

"이 오를란두라는 남자는 앙골라에 가족이 있나요?"

"아마도. 그는 카테트 출신이야."

"카테트라고요? 저는 이 사람이 포르투갈 사람인 줄 알았는데요!"

"아니야! 100퍼센트 카테트 사람이야. 근데 피부가 정말로 하얗지. 4월 25일 이후 그는 자신이 어디 출신인지 계속해서 떠벌리고 다녔어. 아고스티뉴 네투(앙골라의 독립운동가)와 함께 살았던 것을 엄청 자랑해댔지. 믿기는가? 수년 동안 식민지주의에 대해 한 번도 반대하지 않았던 사람이 말이야. 얘기가 나와서 말인데, 그는 인종주의에 대해서도 한 번도 이렇다 말한 적이 없어. 단 한 번도. 그는 항상 예의바른 사람처럼 행동했지만 백인이나 흑인 모두에게 항상 오만하게 굴었다네."

"가족은요?"

“음, 그래 가족. 아마 비토리누 가비앙이라는 친척이 있었을걸.”

“시인이요?”

“뭐, 자네가 부르고 싶은 대로 불러도 상관없지만 떠돌이에 가까웠지.”

벤시몰은 어디에 가면 비토리누 가비앙을 찾을 수 있는지 알았다. 그는 거리를 가로질러 바이커에 갔다. 이 역사적인 맥줏집은 그 시간에 거의 텅 비어 있었다. 안쪽의 한 테이블에서 남자 네 명이 카드를 치고 있었다. 그들은 큰소리로 언쟁을 하다 벤시몰이 다가오는 것을 보자 조용해졌다.

“조심해!” 한 명이 날카롭게 말했다. 소곤거리는 척했으나 벤시몰이 듣기를 바라고 있었다. “기자 양반께서 납셨구먼. 정권의 목소리. 정권의 귀.”

벤시몰은 기분이 언짢았다.

“내가 정권의 목소리라면 네놈은 허섭스레기다.”

소곤거리던 남자가 자세를 똑바로 했다.

“기분 나쁘게 생각하지 마시오, 동무. 맥주나 한잔 합시다.”

비토리누 가비앙은 쓰디쓴 웃음을 지었다.

“우리는 그리스 코러스요. 국가 양심의 목소리지. 우리는 이 어두침침한 술집에 앉아 우리 눈앞에서 펼쳐지는 비극에 대해 의견을 나눈다오. 아무도 관심을 두지 않는 사항에 대해 경고를 해가며.”

비토리누 가비앙에게서 1960년대에 파리에서 자신의 흑인성을 주장하며 고수하던 지미 헨드릭스 스타일의 머리는 이제 찾아볼 수 없었다. 매끄럽고 반짝이는 대머리만 보면 스웨덴에서조차 백인으로 통할 정도였다. 그는 호기심 어린 목소리로 물었다.

“여기는 왜 왔소?”

벤시몰은 의자를 가져다 앉았다.

“오를란두 페레이라 도스 산토스라는 남자를 아시오? 광산 기술자 말이오.”

가비앙은 잠시 주저하더니 창백해졌다.

“내 사촌이요. 그가 죽었소?”

“나도 모르오. 그가 죽었다고 생각할 만한 정보가 좀 있소?”

“사촌 형은 독립 직전에 사라졌소. 다이아몬드를 한 아름 챙겨 달아났다고 하던데.”

“그가 당신을 여전히 기억할 거라 생각하오?”

“우리는 친구였소. 초기에 형이 잠잠하던 것도 이해가 되오. 나라도 그 정도 다이아몬드를 훔쳤다면 잊히길 바랄 거요. 형은 잊혔고, 오랫동안 모든 사람이 그를 잊었지. 그런데 이런 질문을 왜 하는 거요?”

벤시몰은 마리아 다 피에다드 로렌수 디아스에게서 받은 편지를 그에게 보여주었다. 가비앙은 루도를 기억하고 있었다. 그녀가 항상 정신이 딴 데 팔려있다고 느꼈는데 이제야 그 이유를 알 것 같았다. 그는 독립 전 흥분의 열기로 들떠 있던 시절 사촌 형이 살던 프레지우 두스 인베자도스 건물을 방문했던 것을 기억했다.

“독립 후 나라가 어떻게 돌아갈지 알았더라면 파리에 계속 머무는 건데.”

“그 당시에 파리에서 뭘 하고 있었소?”

“아무것도.” 가비앙이 한숨을 쉬었다. “여기에서처럼 아무것도 안 하고 있었소. 하지만 적어도 우아하게 그짓거리를 하고 있었지. 플라뇌르(19세기 중반 파리 거리를 활보하던 도시 한량)가 될 수도 있었는데.”

바이커에 오기 전, 다니엘은 신문사에서 나와 키나시스 시장으로 향했다. 프레지우 두스 인베자도스 건물은 여전히 상당히 낡아 보였다. 하지만 현관 복도는 깨끗하게 페인트칠되어 있었고 공기는 깨끗하고 활기 넘쳤다. 엘리베이터 옆에는 경비원이 상주하고 있었다.

“이거 작동하나요?” 벤시몰이 물었다.

경비원은 자랑스럽게 웃으며 대답했다.

“그럼요, 선생님. 늘 작동하죠. 거의 항상요!”

그는 다니엘에게 신분증을 보여 달라고 한 뒤에야 엘리베이터 버튼을 눌렀다. 벤시몰은 엘리베이터를 타고 11층으로 갔다. 엘리베이터 밖으로 나온 그는 깨끗한 벽과 반짝이는 바닥 타일에 놀라 잠시 멈춰섰다. 그런데 그 곳에 다른 아파트와 조화를 이루지 못하는 문이 하나 있었다. 아파트 D로 향하는 문이었다. 할퀸 자국이 있는 데다 중간쯤에는 총알자국처럼 보이는 작은 구멍도 하나 나 있었다. 벤시몰은 초인종을 눌렀다. 아무 소리도 들리지 않았다. 그는 문을 세 번 세게 두드렸다. 그러자 한 남자아이가 문으로 다가왔다. 큰 눈에 어린아이치곤 상당히 성숙한 표정을 짓고 있었다.

"안녕." 벤시몰은 아이에게 인사했다. "여기에 사니?"

"네, 선생님. 저하고 할머니하고요."

"할머니랑 얘기할 수 있을까?"

"안 돼요."

"내가 얘기하마, 얘야."

다니엘의 귀에 곧 부서질 것처럼 갈라진 목소리가 들렸다. 이내 회색 머리를 양 갈래로 두껍게 땋은 아주 창백한 여자가 한쪽 다리를 끌면서 나타났다.

"저는 루도비카 페르난데스랍니다, 신사 양반. 무슨 일이신가요?"

무티티 블루스(2)

제레미아스는 1월이 올가미처럼 무쿠발 부족 주위를 조였다가 사라지는 것을 지켜보았다. 우선 가뭄이 왔다. 수많은 소가 죽었다. 언덕들을 오르며 동쪽으로 이동할수록 공기는 더 상쾌해졌고 땅은 시원하고 부드러워졌다. 그들은 목초지, 진흙투성이 못을 보았고 희미하게 보이는 녹색의 정체를 파악하기 위해 계속해서 걸었다. 그때 별안간 울타리가 나타났다. 모욕을 주는 것처럼 갑자기 나타난 이 울타리는 밝은 아침을 불쾌하게 만들었다. 무리는 그 자리에 멈춰 섰다. 젊은이들이 초조한 표정으로 한데 모였다. 그들은 놀라는 한편 분노를 감출 수 없어 날카롭게 소리쳤다. 제레미아스의 아들 안토니우가 다가왔다. 땀을 흘리고 있었다. 곧은 코와 툭 튀어나온 턱이 인상적인 그의 잘생긴 얼굴이 분노로 상기되어 있었다.

"이제 어떡하죠?"

제레미아스는 자리에 앉았다. 울타리는 수백 미터에 달했다. 오른쪽으로는 현지인들이 고양이 발톱이라 부르는 검은 딸기나무 덤불이 사납게 엉켜있었고 왼쪽으로는 촛대모양의 길쭉한 선인장과 무티티 나무로 이루어진 더 두껍고 날카로운 야생 덤불들이 늘어서 있었다. 장벽 너머로는 이맘때쯤이면 작은 계곡이 흘러야 할 곳에 부드러운 흰색 자갈들이 놓여 있었다.

제레미아스 카하스쿠는 가지를 주워 모래를 고르게 만든 뒤 글을 쓰기 시작했다. 안토니우는 아버지 옆에 쭈그리고 앉았다.

그날 오후 그들은 울타리를 무너뜨린 뒤 반대편으로 건너갔다. 물을 조금 발견할 수 있었다. 훌륭한 목초지였다. 바로 그때, 바람이 불기 시작했다. 바람을 따라 육중한 그림자가 딸려왔다. 저 멀리 다른 사막을 건넌 끝에 너덜너덜해진 밤이 바람에 실려온 것 같았다. 그때 엔진소리가 들렸고 여섯 명의 무장한 남자를 실은 지프차가 어둠과 먼지 속에서 나타났다. 젖은 고양이처럼 불쌍해 보이는 깡마른 물라토 한 명이 차에서 뛰어내린 뒤 오른손으로 AK 47을 흔들며 그들 쪽으로 다가왔다.

그는 포르투갈어와 쿰비어로 소리쳤다. 바람 때문에 분절된 몇 마디가 제레미아스의 귀에 꽂혔다.

"이곳은 사유지다! 나가! 당장 나가라고!"

제레미아스는 젊은이들이 공격하지 못하도록 오른손을 들어 올렸으나 너무 늦었다. 막 결혼한 제브라라는 멀쑥한 남자가 작은 투창을 던졌다. 창은 우아한 곡선을 그리며 혼란스러운 하늘을 가로질러갔고 으드득하는 마른 소리와 함께 물라토의 부츠 거의 바로 앞에 떨어졌다.

잠시 침묵이 오갔다. 바람조차도 누그러진 것 같았다. 바로 그때 제브라가 총을 들고 발사하기 시작했다.

정오의 뜨거운 햇살 아래 유혈이 낭자할 뻔했다. 여섯 명의 남자는 모두 무장한 상태였다. 양치기 중에는 한 때 군인이었던 이들이 있었고 그들 역시 권총을 갖고 있었다. 하지만 바로 그때 바람이 어둠 속을 휙 하고 지나갔고 두 발의 총알만이 살에 가 박혔다. 제브라는 팔에 가벼운 총상을 입었고, 물라토는 다리에 총을 맞았다. 양측은 뒤로 물러났으나 혼란 속에 많은 소들이 달아나버렸다.

다음 날 밤, 제브라가 이끄는 양치기들은 싸움이 있던 현장으로 다시 향했다. 그들은 잃어버린 소를 일부 찾아왔고 상대측의 소 대여섯 마리를 훔쳐왔다. 그들은 열네 살짜리 사내아이도 잡아 왔는데, 제브라의 말에 의하면 아이는 말을 타고 뭔가에 홀린 사람 마냥 그들을 쫓아왔다고 했다.

제레미아스는 깜짝 놀랐다. 소를 훔치는 것은 전통이었고 항상 일어나는 일이었다. 이 경우 일종의 교환이라 할 수 있었다. 하지만 사내아이를 납치한 것은 문제가 될 수 있었다. 제레미아스는 아이를 불러오라고 했다. 짙은 초록색의 눈을 지닌 아이는 야성적인 머리를 하나로 묶고 있었다. 이러한 특징을 지닌 사람을 앙골라에서는 보통 "로스트

프론티어"라고 불렀다. 낮에는 백인처럼 보이지만 해질녘에는 사실 물라토라는 게 드러났기 때문이었다. 때로는 빛이 없을 때 사람을 더 잘 파악할 수 있는 법이다. 아이는 경멸에 가득 찬 눈빛으로 제레미아스를 쳐다보았다.

"내 할아버지가 네놈들을 죽일 게다!"

제레미아스는 웃었다. 그는 모래에 글을 썼다.

나는 한 번 죽었다. 두 번 죽어도 나쁠 거 없지.

아이는 깜짝 놀라 말을 더듬었다. 그러고는 울기 시작했다.

"제 이름은 안드레 후수입니다, 시뇨르. 저는 후수 장군의 손자입니다. 저들에게 저를 해치지 말라고 말해주세요. 저를 보내주세요. 소는 가지셔도 좋아요. 제발 보내주세요."

제레미아스는 젊은이들에게 아이를 놓아주라고 설득했다. 그들은 자신들의 소를 다시 달라고 요청했고 더 나은 목초지를 찾아 부지를 건널 수 있도록 해달라고 했다. 그들이 이곳에 머문 사흘 동안 제레미아스는 과거가 자신 앞에 웅크리고 있는 것을 보았다. 과거는 세월의 흔적이 역력했지만 항상 그런 것은 아니었다. 때로 과거는 시간의 영향을 전혀 받지 않은 상태로 수세기를 이동한다. 하지만 이번에는 아니었다. 제레미아스는 한층 수척해졌다. 주름이 더 많아졌으며 남아 있는 머리칼은 색이 거의 없었다. 다만 목소리만은 여전히 견고했다. 제레미아스는 몬트와 마주쳤을 때, 몬트가 자리에서 일어나 무쿠발 양치기들에게 쫓겨 허겁지겁 도망가는 것을 보았을 때, 오를란두 페레이라 도스 산토스와 그의 다이아몬드가 생각났다.

쿠방고 강의 기이한 운명

나세르 에반젤리스타는 새로운 일자리가 마음에 들었다. 깨끗한 파란색 제복을 입고 근무시간 내내 책상에 앉아 책을 읽으면서 곁눈질로 건물 입구를 감시했다. 그는 루안다의 상파울로 감옥에 수감돼 있는 동안 독서에 취미를 붙였다. 출소한 뒤에는 마일 일레븐 시장에서 가면을 만드는 수공업자로 일했다. 어느 날 오후, 그는 감방 동료인 리틀 치프를 만났다. 리틀 치프는 그에게 키나시스에 위치한 프레지우 두스 인베자도스 건물의 수위로 일해 보면 어떻겠냐고 제안했다. 리틀 치프가 막 이사한 건물이었다.

“조용한 일이오.” 리틀 치프는 그를 안심시켰다. “책도 읽을 수 있을 거고.”

책을 읽을 수 있다는 말에 그는 바로 넘어갔다. 그날 아침, 나세르는 『로빈슨 크루소의 모험』을 일곱 번째 읽고 있었는데, 얼굴이 온통 여드름으로 뒤덮인 아주 못생긴 사내아이가 건물 입구에 숨어 있는 게 보였다. 나세르는 읽던 곳을 표시해 놓고 책을 서랍에 넣은 뒤 자리에서 일어나 문 쪽으로 향했다.

"이봐, 너! 여드름쟁이! 이 건물에 무슨 볼일이지?"

아이는 겁먹은 듯 그에게 다가왔다.

"이 건물에 남자애가 살고 있나요?"

"몇 명 있지. 이 건물에는 온갖 종류의 사람이 살고 있으니까."

"일곱 살 먹은 아이요. 이름은 사발루고요."

"아, 그래! 사발루, 알고말고. 11-E에 살지. 아주 착한 애야. 할머니랑 살고 있지. 한 번도 보진 못했지만, 걔 할머닌 한 번도 집 밖에 나온 적이 없어서."

바로 그때, 두 명의 남자가 나타났다. 나세르는『코르토 말테제』의 모험에서 막 나온 것처럼 검은색 옷을 입은 그들이 걸어오는 것을 보자 깜짝 놀랐다. 그들 중 나이가 많은 쪽은 붉은색과 노란색 줄무늬가 있는 무쿠발 모자를 썼으며 목에는 목걸이를, 팔목에는 커다란 팔찌를 차고 있었다. 그는 오래된 가죽 샌들을 신고 있었는데, 그 사이로 갈라지고 모래로 뒤덮인 거대한 발이 드러났다. 노인 옆에는 패션쇼 무대에서는 것처럼 우아한 걸음걸이에 상당히 크고 마른 젊은이가 있었다. 그 역시 목걸이와 팔찌를 차고 있었는데 그에게는 머리를 감싼 중산모처럼 이러한 액세서리가 자연스러워 보였다. 두 남자는 나세르를 향해 단호하게 걸어왔다. "우린 올라갑니다." 젊은이가 그에게 말하며 거만한 제스처로 엘리베이터 버튼을 눌렀다. 나세르는 신분증이나 운전면허 번호를 적지 않고는 절대로 사람을 들이지 말라는 확실한 지시를 받은 터였다. 그가 그들을 저지하려는 순간, 바이아쿠가 그를 피해 계단으로 돌진했다. 나세르는 바이아쿠를 쫓아갔다. 제레미아스와 그의 아들은 엘리베이터를 호출해 타고 올라갔다. 11층에 도착했을 때 제레미아스는 갑자기 현기증이 나고 숨을 쉴 수가 없었다. 그는 한동안 벽에 기대 있었다. 그의 눈앞에 루도에게 인사하고 있는 다니엘 벤시몰이 보였다. 한 번도 만난 적이 없었지만 다니엘은 그녀를 알아보았다.

"당신에게 보여드릴 편지가 있어요." 다니엘이 말했다. "안으로 들어가는 게 나을 것 같은데요, 자리에 앉아서 얘기를 좀 나누시죠."

이 일이 벌어지는 동안 마그누 모레이라 몬트는 건물로 들어가고 있었다. 경비원이 보이지 않았으므로 엘리베이터를 불러 타고 올라갔다.

그는 나세르가 바이아쿠를 쫓아가며 소리지르는 것을 들었다.

"이리와. 네놈은 올라가면 안 돼!"

집에서 면도하고 있던 리틀 치프 역시 경비원의 외침에 깜짝 놀랐다. 그는 얼굴을 닦고 바지를 입은 뒤 웬 소동인지 보기 위해 문으로 향했다. 바이아쿠가 달려가더니 나세르를 옆으로 밀치고 다니엘 벤시몰로부터 불과 몇 미터 떨어진 곳에 멈춰 섰다. 바로 그때, 엘리베이터 문이 열렸고 리틀 치프는 25년 전 자신을 심문하고 괴롭혔던 남자와 마주쳤다.

바이아쿠는 바지 주머니에서 잭나이프를 꺼내 휙 하고 펼쳤고 사발루를 향해 휘둘렀다.

"도둑놈! 네놈 귀를 잘라 버리겠다!"

사발루는 겁내지 않았다.

"덤벼봐, 이제 네놈이 하나도 무섭지 않아!"

루도는 아이를 아파트로 들여보냈다.

"들어가렴, 얘야. 문을 여는 게 아니었는데."

나세르 에반젤리스타는 바이아쿠에게 달려들어 칼을 빼앗았다.

"진정해, 꼬마야. 칼은 버리고 얘기를 좀 하자고."

몬트는 리틀 치프의 깜짝 놀란 표정에 만족스러워했다.

"오, 아르날두 크루스 동무! 누군가 앙골라에 대해 나쁜 얘기를 하면 항상 당신을 예로 들지. 미친놈조차 부자가 될 수 있는 나라, 정권의 반역자조차도 꽤 부자가 될 수 있는 국가!"

전개되는 상황에 당황한 안토니우는 아버지의 귀에 무쿠발어를 섞어가며 속삭였다.

"이 사람들은 소가 없어요, 아버지. 이 자들은 소에 대해 아무것도 모른다고요."

다니엘 벤시몰은 루도의 팔을 잡았다.

"잠깐만요, 부인. 편지를 읽어보세요."

리틀 치프는 집게손가락으로 몬트의 가슴팍을 찔렀다.

“뭐가 우습냐, 이 하이에나야? 네놈들 시절은 이제 끝났어.”

루도는 봉투를 도로 건넸다.

“내 눈은 더 이상 읽을 수 없다오.”

몬트는 리틀 치프의 팔을 치워버렸다. 그리고 몸을 돌린 순간 제레미아스를 발견했다. 이 우연에 그는 더 기쁜 듯했다.

“오, 이런, 익숙한 얼굴이 또 하나 등장했군. 나미베에서 만난 건은 안 좋게 끝났지. 적어도 나한텐. 하지만 이번에는 내 구역이란 말이지.”

다니엘 벤시몰은 몬트의 목소리를 듣는 순간 몸서리가 쳐졌다. 그는 몬트를 향해 몸을 돌렸다.

“당신이 기억나려고 하오. 시몬 피에르가 사라진 날 밤, 당신이 나를 깨웠지. 사실 그 남자가 아니라 나를 죽이려는 계획이었지?”

순간, 몬트에게 모든 이목이 쏠렸다. 나세르 에반젤리스타는 바이아쿠를 놓아주고 몬트에게 다가갔다. 격분한 상태로 공중에 칼을 휘둘렀다.

"나도 당신을 기억하지. 행복했던 시절은 아니었소만."

제레미아스, 안토니우, 리틀 치프, 다니엘 벤시몰, 나세르 에반젤리스타에게 둘러싸인 몬트는 계단 쪽으로 돌아서기 시작했다.

"자, 진정들 하시오. 이미 일어난 일은 일어난 일이요. 우리 모두는 앙골라인이잖소."

나세르 에반젤리스타에게는 그 말이 들리지 않았다. 25년 전 똥오줌 냄새가 나는 좁은 감방에 갇혀 있던 자신의 외침만이 들릴 뿐이었다. 한 번도 본 적 없는 여자의 목소리가 똑같은 어둠속에서 들려왔다. 울부짖는 소리와 개 짖는 소리. 그의 과거는 울부짖는 소리와 개 짖는 소리뿐이었다. 그는 두 걸음을 내딛은 후 몬트의 가슴팍에 칼을 찔렀다. 이 동작을 반복하고 또 반복했다. 극도로 창백해진 몬트는 비틀거리며 손을 셔츠로 가져갔다. 그런데 피가 나지 않았다. 옷도 멀쩡했다. 제레미아스는 나세르의 어깨를 잡고 자신 쪽으로 당겼다. 다니엘은 그의 손에서 칼을 빼앗았다.

"가짜 칼이오. 오, 정말 다행이오. 서커스 칼이군."

그랬다. 칼은 손잡이 부분이 텅 비어 있었고 그 안에 용수철이 달려 있어 칼날이 그 안으로 미끄러져 들어가도록 되어 있었다. 누군가에게 칼을 찌르면 칼날이 사라지는 것처럼 보이는 가짜 칼이었다.

다니엘은 자신의 가슴과 목에 칼을 찔러 이 무기가 가짜라는 사실을 입증해 보였다. 그다음에는 제레미아스에게 칼을 찔렀고, 그 다음에는 나세르를 찔렀다. 그는 큰 소리로 웃었다. 발작적이고 호탕한 웃음이었다. 다른 사람들도 따라 웃었다. 루도는 사발루를 붙잡은 채 눈물이 날 정도로 웃었다.

몬트만이 심각했다. 그는 셔츠를 고르게 편 뒤 자세를 바로잡고 계단을 내려갔다. 바깥 공기는 타 들어갈 정도로 뜨거웠다. 건조한 바람이 나무를 흔들었다. 그는 가까스로 숨을 쉬었다. 가슴이 아팠다. 나세르가 가짜 칼을 찌른 부위가 아니라 그의 몸속 딱히 뭐라 명명할 수 없는 비밀스러운 곳이 아팠다. 그는 눈물을 닦았다. 바지 주머니에서 선글라스를 꺼내 썼다. 왜 그런지는 몰라도 오카방고 델타에 카누가 떠 있는 이미지가 떠올랐다.

쿠방고는 나미비아 국경을 건널 때부터는 오카방고라 불리기 시작한다. 쿠방고 강은 큰 강이지만 다른 강들처럼 바다로 합쳐지지 않는다. 커다란 팔을 벌린 채 사막 한가운데서 죽음을 맞이한다. 칼라하리 사막의 모래를 녹색과 생명으로 채워주는 숭고한 죽음이자 관대한 죽음이다. 몬트는 30주년 결혼기념일을 오카방고 델타의 자연 속에 위치한 산장에서 보냈다. 자녀들이 준 선물이었다. 축복받은 시절이었다. 그와 아내는 딱정벌레와 나비를 잡고 책을 읽으며 카누를 탔다.

잊히는 것을 두려워하는 사람들이 있다. 폐허공포증이라는 병이다. 그는 반대의 현상을 겪었다. 그는 잊히지 않을까 봐 두려워하며 살았다. 오카방고 델타에서 그는 잊힌 기분이었다. 그는 행복했다.

나세르 에반젤리스타가 리틀 치프의 탈옥을 도운 방법이 밝혀지는 방식

우리는 늘 실의에 젖어 죽는다. 영혼이 우리를 실망시키고 나면 우리는 죽는 것이다. 이것이 리틀 치프의 이론이었다. 이 이론을 지지하기 위해 그는 두 번째 체포되었을 때 자신에게 발생한 일을 설명했다. 그는 감방 동료뿐 아니라 간수와 정치 경찰 요원까지도 놀라게 할 정도로 감옥의 끔찍한 상황과 형편없는 대우, 고문에 용기 있게 맞섰다.

그러나 그것은 용기가 아니었다고 그는 시인했다.

"내 반항심은 극에 달했지. 내 영혼은 부당함에 반항했어. 두려움, 그래, 구타보다도 고통스러운 건 두려움이었지만 반항심이 두려움보다 커져갔고 바로 그 순간, 나는 경찰에 저항했지. 나는 절대로 입 다물고 있지 않았어. 그들이 나에게 소리치면 나는 더 크게 소리쳤어. 어느 시점엔가 내가 그들을 두려워하는 것보다 그들이 날 더 두려워한다는 걸 알게 되었지."

한번은 그들이 리틀 치프를 벌주기 위해 위대한 전투의 이름을 따 키판곤두라 부르는 아주 작은 감방에 그를 가두었다. 그곳에서 리틀 치프는 쥐 한 마리를 발견해 애완동물처럼 기르기 시작했다. 그는 이 쥐를 스플랜더라 불렀다. 갉아 먹힌 귀와 덥수룩한 털을 지닌 갈색의 교활한 집쥐치고는 다소 낙관적인 이름이었다. 리틀 치프가 스플랜더를 오른쪽 어깨에 달고 일반실에 다시 나타났을 때, 그를 놀리는 동료들도 있었지만 대부분은 그를 무시했다.

1970년대 말, 상 파울로 감옥에는 다소 기묘한 수감자들이 한데 섞여 있었다. 전투 중에 포로로 잡힌 미국과 영국 용병이 운이 없었던 아프리카민족회의(남아프리카공화국의 한 정당) 출신의 반체제 망명자와 방을 공유했다. 극좌파 젊은 지식인들은 나이 많은 포르투갈 살라자리스트(안토니우 드 올리베이라 살라자르의 독재체제를 지지하는 사람)와 의견을 교환했다. 다이아몬드 밀수로 갇힌 사람들도 있었고 국기 게양 때 차렷 자세를 하지 않았다고 잡힌 사람들도 있었다. 당의 중요한 리더들도 있었는데, 그들은 대통령과의 친분을 자랑스러워했다.

"어제만 해도 나는 대통령과 함께 낚시를 했지." 그들 중 한 명이 리틀 치프에게 자랑했다. "나에게 무슨 일이 발생했는지 대통령께서 아시게 되면 나를 여기에서 꺼내주고 나를 가둔 놈들을 체포하실걸."

그 남자는 그 다음 주에 총살되었다.

자신들의 죄목이 무엇인지조차 모르는 사람이 허다했고 미쳐가는 사람도 있었다. 심문은 수감자로부터 정보를 캐내기 위해서라기보다는 그저 그들을 고문하고 혼란스럽게 만드는 것이 목적인 양 일정치 않았으며 말도 안 되는 경우가 많았다.

이러한 상황에서 훈련된 쥐를 끼고 사는 남자가 있다고 해서 놀라울 것도 없었다. 리틀 치프는 스플랜더를 돌보며 훈련시켰다. 그가 "앉아!"라고 말하면 쥐는 앉았다. "돌아!"라고 말하면 쥐는 원을 그리며 돌기 시작했다. 이 얘기를 들은 몬트는 리틀 치프의 감방을 방문했다.

"네놈한테 새로운 친구가 생겼다고 하던데."

리틀 치프는 대답하지 않았다. 그는 정치 경찰 요원에게는 그들이 소리치지 않는 한 절대로 대답하지 않는다는 규칙을 세웠다. 그들이 소리를 칠 때면 리틀 치프는 그들이 소시오 파시스트 독재주의 정권을 위해 일한다고 되받아치곤 했다. 몬트는 리틀 치프의 행동에 몹시 화가 났다.

"이 자식아, 너한테 말하고 있잖아. 지금 나를 무시하는 거냐?"

리틀 치프는 그에게서 등을 돌렸다. 몬트는 분노를 참지 못해 그의 셔츠를 잡아당겼다. 바로 그때 스플랜더가 보였다. 그는 쥐를 낚아채 바닥에 내던지고는 발로 짓밟아버렸다. 당시에는 온갖 범죄가 난무하던 상황이었기에 감옥 안에서 벌어진 스플랜더의 보잘것없는 죽음에는 누구도 관심을 갖지 않았고 아무도 이에 개의치 않았다. 하지만 리틀 치프만은 예외였다. 그는 실의에 가득 찼다. 하루 종일 매트에 누워, 동료들이 무엇을 하든 말도 하지 않고 움직이지도 않았다. 그는 키산지(콩고에서 사용되는 손가락 피아노) 건반처럼 피부 아래로 갈비뼈가 드러날 정도로 말라갔고 결국 양호실로 옮겨졌다.

나세르 에반젤리스타는 체포될 당시 마리아 피아 병원에서 작업부로 일하고 있었다. 그는 정치에는 전혀 관심이 없었다. 그저 수에리 미렐라라는 젊은 간호사에게만 관심이 있을 뿐이었다. 그녀는 미니스커트 사이로 훤히 드러내놓고 다니는 길쭉한 다리와 엔젤라 데이비스 스타일의 둥근 머리 모양으로 유명했다. 정부 보안 요원과 데이트하던 그녀는 나세르가 달콤한 말들로 자신을 유혹하도록 내버려 두었고, 이에 발끈한 그녀의 남자친구는 그에게 반란군 혐의를 씌워 그를 감옥에 처넣었다. 수감된 이후 그는 감옥 양호실에서 일하기 시작했다. 그는 리틀 치프의 상태를 보고 마음이 짠했다. 그는 혼자서 계획을 짰다. 다 죽어가는 젊은이에게 다시 자유를 선사할 대범하지만 유쾌한 계획이었다. 하지만 리틀 치프가 반복하기를 즐기는 말처럼, 이는 상대적인 자유였다. 다른 이들이 감옥에 있는 한 아무도 자유로울 수 없었기 때문이다.

나세르 에반젤리스트는 열아홉 살의 법대생, 아르날두 크루스라는 세례명으로 리틀 치프의 죽음을 신고했고 직접 시신을 관에 넣었다. 리틀 치프가 몸담고 있는 소규모 정당에서 활동하는 동무가 먼 친척으로 둔갑해 관을 받았다. 그는 알투 다스 크루스스 묘지에서 조용히 장례식을 치른 뒤 관을 묻었으며 관을 묻기 전에 잊지 않고 리틀 치프를 꺼냈다. 리틀 치프는 그의 사망일로 정해진 날 꽃을 들고 이 무덤을 방문하곤 했다.

“무덤을 방문할 때면 삶의 허무함을 생각하게 된다네. 다른 사람이 되기 위한 약간의 연습이라 할 수 있지.” 그는 친구들에게 이렇게 말했다. “나는 그곳에 가서 나 자신을 그의 가까운 친척이라고 생각하려고 한다네. 나는 사실 나 자신의 가장 가까운 친척이지. 나는 그의 결점과 특징, 그리고 그가 내 눈물을 받을 자격이 있는지 생각해 본다네. 거의 늘 조금씩만 울지.”

몇 달이 채 안 되어 경찰이 사기 행각을 파악했고 리틀 치프는 다시 체포되었다.

루안다의 미스터리

리틀 치프는 수공예품 판매자들과 얘기하는 것을 좋아했다. 그는 먼지투성이 골목길에 펼쳐진 나무 좌판에 코를 박고 콩고산 직물, 일몰과 드럼이 그려진 무수히 많은 천, 오래된 물건처럼 보이게 하려고 장마철에 땅에 묻곤 하는 초크웨 가면을 구경하느라 시간가는 줄 몰랐다. 때로는 물건을 몇 개 샀고 심지어 대화를 계속하기 위해 좋아하지도 않는 물건을 사기도 했다. 그는 경제적인 이익을 보기 위해서라기보다는 그저 연대감에 수공예품을 제작하고 판매하는 사업을 시작했다. 그가 짙은 색 나무 조각으로 디자인을 하면 기능공이 이를 제작했다. 그는 루안다 공항 그리고 소위 '공정 무역'으로 거래하는 파리, 런던, 뉴욕의 작은 가게에서 이것들을 팔았다. 그는 스무 명이 넘는 장인을 고용했다. 가장 큰 인기를 끈 작품은 '생각하는 사람'으로, 입에 재갈이 물린 전통적인 앙골라 조각상을 본뜬 제품이었다. 사람들은 이 작품을 '돈

싱크(Don't think)'라고 불렀다.

어느 날 오후, 리틀 치프는 판매상들에게 별다른 주의를 기울이지 않은 채 시장을 질러갔다. 그저 자신에게 인사하는 모든 사람에게 고개를 끄덕이며 웃어 줄 뿐이었다. 파피 볼링구가 쇼를 시작하고 있었다. 포포가 오케스트라 바오밥의 옛 노래를 부르고 있었다. 술집은 사람들로 북적였다. 그가 온 것을 보자 직원 한 명이 접이식 의자를 가져다주었다. 리틀 치프는 의자를 펼치고 그 위에 앉았다. 사람들은 하마가 리듬에 맞춰 움직이며 큰 입을 열고 닫는 것을 보며 넋을 잃고 웃었다.

리틀 치프는 그 쇼를 여러 번 보았다. 그는 파피 볼링구가 프랑스에서 망명 생활을 하던 당시, 서커스에서 일했던 것을 알았다. 자신에게 뛰어난 복화술자가 될 역량이 있다는 것을 발견하고 기술을 갈고 닦은 것이 분명 그때이리라. 이제 그는 이 기술로 돈을 벌고 있었다.

"포포가 말을 한다네!" 그가 웃으며 얘기했다. "내가 아니라 포포가 노래를 해. 녀석이 아주 어릴 때 내가 첫 단어를 가르쳐줬지. 그 다음에는 노래하는 것도 가르쳐주었고."

"그럼 이제 포포 혼자서 노래 부르는 걸 보고 싶네요!"

"절대로 그럴 수 없을걸! 요 녀석이 유일하게 못 하는 게 바로 그거야. 수줍음이 좀 많아야지."

리틀 치프는 쇼가 끝날 때까지 기다렸다. 사람들은 자신들이 방금 목격한 마술에 도취되어 흥분을 감추지 못한 채 술집을 빠져나가고 있었다. 리틀 치프는 파피 볼링구에게 다가갔다.

"축하해요! 매번 더 나아지는군요."

"고마워요." 포포가 쇠된 소리로 감사의 말을 전했다. 매력적인 바리톤이었다. "오늘 청중들이 끝내줬어요."

리틀 치프는 하마의 등을 쓰다듬었다.

"농장은 지낼 만하니?"

"아주 좋아요, 대부. 물도 많고요. 데굴데굴 구를 수 있는 진흙도 무지 많아요."

파피 볼링구는 웃음을 터뜨렸다. 리틀 치프도 따라 웃었다. 포포는 그들을 따라하듯 머리를 흔들며 두꺼운 발을 작은 무대 위에서 쿵쾅거렸다.

페드루 아폰수라 불리는 술집 주인은 지뢰가 터지는 바람에 오른쪽 다리를 잃은 게릴라 전사였다. 허나 이 사고도 춤에 대한 그의 열정을 앗아가지는 못했다. 그가 춤을 추는 것을 보고 있으면 의족을 차고 있다고는 절대로 생각하지 못할 것이다. 두 친구가 웃는 소리를 들은 그가 닳고 닳은 마룻바닥 위로 화려한 룸바 스텝을 밟으며 다가왔다.

"신은 가난한 이들도 행복할 수 있도록 음악을 만드셨지."

그는 세 사람을 위해 맥주를 주문했다.

"가난한 자의 행복을 위해 건배!"

리틀 치프가 이의를 제기했다.

"그럼 저는요?

"자네? 아 맞다, 난 자네가 부자라는 걸 항상 까먹는단 말이야. 이 나라에서 가장 명백한 부의 첫 신호는 거만함인데 자네한테선 그게 느껴지지 않아서. 자네 머릿속은 돈으로 가득 차 있지 않나 봐."

"감사합니다. 제가 어떻게 부자가 되었는지 아세요?"

"새가 하늘에서 내려와 자네 손에 앉은 뒤 다이아몬드를 두 개 뱉었다고 들었네."

“비슷해요. 비둘기를 잡아먹으려고 죽였는데, 모이주머니에서 다이아몬드 두 개를 발견했지 뭐예요. 그런데 며칠 전, 그 다이아몬드가 누구 것이었는지 알게 되었어요.” 리틀 치프는 친구들의 놀라움을 즐기는 듯 잠시 말이 없었다. “바로 옆집에 사는 나이 든 포르투갈 여인의 것이었어요. 그 여인은 사실 부자였는데도 20년이 넘도록 가난 속에서 살았어요. 그리고 자신도 모르는 사이에 저를 부자로 만들어줬지요.”

그는 한참 동안 온갖 우여곡절을 곁들여 이 사건에 대해 자세히 얘기했다. 자신이 모르는 부분은 요령껏 재미있게 지어냈다. 파피 볼링구는 여인이 다른 다이아몬드도 갖고 있었는지 물었다. 리틀 치프는 그렇다고 대답했다. 두 개가 남아 있었는데 둘 다 너무 커서 비둘기 미끼로 쓸 수가 없었다고. 그는 포르투갈 여인이 그 다이아몬드를 무쿠발 양치기 두 명에게 주었다고 했다.

“그 여인이 그 시골뜨기들을 아는 것처럼 보였어요. 어떻게 아는지는 당최 모르겠지만. 루안다에는 미스터리가 많아요.”

“맞아.” 페드루 아폰수가 동의했다. “이 도시는 미스터리로 가득하지. 꿈에서조차 지나치다 싶을 정도의 일이 이 도시에서는 실제로 일어나는걸.”

몬트의 죽음

마그누 모레이라 몬트는 위성 안테나에 맞아 죽었다. 그는 안테나를 고치려다가 지붕에서 굴러 떨어졌고, 그 뒤에 안테나가 그의 머리 위로 떨어졌다. 사람들은 이 사건을 역설적인 우화로 보았다. 과거 정부 안보 요원, 앙골라인들이 별로 떠올리고 싶어 하지 않는 과거의 마지막 잔재가 미래의 상징물에 의해 쓰러진 것이다. 이는 몽매주의, 침묵, 검열과의 싸움에서 자유로운 의사소통이 승리한 것이자 세계주의가 편협성을 짓밟아버린 것이라 할 수 있었다.

마리아 클라라는 브라질 드라마를 즐겨보곤 했다. 하지만 그녀의 남편은 TV에 별로 관심이 없었다. 그는 TV 프로그램의 무의미성이 짜증났다. 뉴스 보도는 그를 더욱 화나게 했다. 프리메이루 디 아고스투와 벤피카를 응원하며 축구경기를 보거나 파자마에 슬리퍼 차림으로 앉아 옛날 흑백영화를 다시 볼 때도 있었지만 그는 TV보다는 책을 선호했다. 그는 수백 권의 책을 소장하고 있었다. 노년에 조르지 아마두, 마샤두 지 아시스, 클라리시 리스펙토르, 루안디누 비에이라, 루이 두아르테 드 카발로, 훌리오 코르타사르, 가브리엘 가르시아 마르케스의 책들을 다시 읽어볼 계획이었다.

그들이 먼지 나는 시끄러운 수도를 떠나 이사를 갔을 때 몬트는 아내를 설득해 TV 없이 지내자고 했다. 마리아 클라라는 동의했다(그녀는 남편의 말에 쉽게 동의하곤 했다). 첫째 주에 그들은 함께 책을 읽었다. 모든 것이 문제없어 보였지만 마리아 클라라는 금세 우울해졌고, 전화로 친구들과 몇 시간이고 수다를 떨었다. 몬트는 위성 안테나를 사서 설치해야겠다고 생각했다.

엄밀히 말하면, 그는 사랑 때문에 죽었다.

만남

마리아 다 피에다드 로렌수는 몸집이 작고 걱정이 많은 여인이었다. 회색빛을 띤 갈색 머리가 방치된 상태로 정수리 위에 산마루처럼 솟아 있었다. 루도는 그녀의 얼굴이 정확히는 기억나지 않았다. 하지만 그 산마루만은 기억했다. 마치 닭같이 생겼군, 그녀는 생각했다. 그리고 그 즉시 그렇게 생각한 것을 후회했다. 그녀는 딸이 도착하기 며칠 전부터 상당히 초조했다. 하지만 막상 딸이 자신 앞에 나타나자 놀라울 정도로 차분해졌다. 루도는 그녀에게 들어오라고 말했다. 거실은 페인트가 다시 칠해지고 새로운 바닥재와 문이 설치된 상태였다. 전부 이웃 주민 아르날두 크루스가 부담한 것으로 그는 루도에게 가구도 주겠다고 했다. 그는 루도한테서 아파트를 샀지만 그녀에게 그곳에서 쭉 살라고 하며 사발루가 대학에 들어갈 때까지 교육비를 지원하겠다고도 했다.

마리아가 들어왔다. 그녀는 부표라도 되는 양 핸드백을 움켜잡은 채 긴장한 상태로 의자에 앉았다. 사발루가 차와 비스킷을 가져왔다.

"당신을 뭐라고 불러야 할지 모르겠어요."

"루도비카라고 부르렴, 그게 내 이름이란다."

"언젠가는 당신을 엄마라고 부를 수 있을까요?"

루도는 딸의 손을 세게 움켜쥐었다. 창문을 통해 물름바 나무의 가장 높은 가지가 보였다. 바람 한 점 불지 않아 가지는 미동도 하지 않았다.

"변명의 여지가 없구나." 루도는 웅얼거렸다. "나는 정말 어렸고 무서웠단다. 그렇다고 해서 내가 한 행동이 정당화되지는 않겠지만."

마리아 다 피에다드 로렌수는 의자를 루도 쪽으로 끌고가 오른손을 루도의 무릎에 얹었다.

"저는 과거에 대해 물으려고 이곳에 온 게 아니에요. 당신을 만나러 왔어요. 당신을 우리나라로 데려가고 싶어요."

루도는 그녀의 손을 잡았다.

"이곳이 내 나라란다, 얘야. 나에게 이제 다른 나라는 없어." 그녀는 물름바 나무를 가리켰다. "나는 저 나무가 자라는 것을 보아왔지. 나무는 내가 나이 드는 걸 보아왔고. 우리는 많은 얘기를 나눴단다."

"아베이루에 가족이 있지 않으세요?"

"가족?"

"가족이나 친구요."

루도는 사발루를 향해 미소를 지어 보였다. 아이는 소파에 얼굴을 묻고는 경계 태세로 이 모든 것을 지켜보고 있었다.

"내 가족은 저 아이, 물름바 나무, 팬텀이라는 개란다. 내 시력은 매일 더 나빠지고 있어. 이웃집에 사는 안과의사가 내 눈을 봐주러 이곳에 온 적이 있지. 그는 내가 시력을 완전히 잃지는 않을 거라고 했어. 아직 주변 시력은 있지. 언제까지나 빛을 분간할 수는 있을 거고. 이 나라의 빛은 엄청나단다. 어쨌든 나는 그거면 돼. 빛을 볼 수 있고 사발루가 나에게 책을 읽어주고 매일 석류를 먹을 수 있으면 족하단다."

'사랑'이라는 비둘기

리틀 치프의 인생을 송두리째 바꿔버린, 그리고 그의 배고픔을 채워준 비둘기의 이름은 '사랑'이었다. 우스운가? 마리아 클라라의 얘기를 들어보자.

비둘기에게 그 이름을 지어준 사람은 바로 그녀였다. 마그누 모레이라 몬트의 미래 아내는 앙골라가 독립할 무렵, 고등학생이었다. 세관원인 그녀의 아버지 오라시우 카피탕은 메신저 비둘기를 길렀다. 마리아 클라라가 이름을 지어준 비둘기는 전부 최고의 메신저가 되었는데, '사랑'이 탄생하기 전에는 총애(1968), 연모(1971), 요란(1973), 황홀(1973)이 최고의 메신저였다. 사랑은 하마터면 부화하기도 전에 버려질 뻔했다.

"요 놈은 글러 먹었어." 오라시우 카피탕이 딸에게 설명했다. "껍데기를 보렴. 갈라진 데다 상당히 두껍지. 건강하고 강한 비둘기, 즉 잘

나는 것들은 부드럽고 밝은 껍질을 갖고 태어난단다."

하지만 마리아는 길쭉한 손가락 사이로 알을 돌려가며 예언했다.
"이놈은 최고의 메신저가 될 거에요. 아빠, 얘를 사랑이라고 부르겠어요."

사랑은 태어날 때부터 다리가 가늘었다. 모이접시에서 끊임없이 짹짹거렸고, 깃털이 나오는 데 한참이 걸렸다. 오라시우 카피탕은 실망감과 혐오감을 감추지 못했다.

"요 녀석은 죽여야겠어. 이 빌어먹을 놈은 절대로 훌륭한 메신저가 되지 못할 거야. 패배자라고. 비둘기를 기르는 사람은 좋은 비둘기와 안 좋은 비둘기를 선별할 줄 알아야 해. 안 좋은 놈들은 빨리 없애버려야 시간을 허비하지 않지."

"안돼요!" 마리아는 고집을 피웠다. "저는 이 비둘기를 전적으로 믿어요. 사랑은 분명 잘 될 애예요."

사랑은 정말로 급성장하기 시작했다. 하지만 안타깝게도 지나치게 커져버렸다. 같은 어미에게서 나온 다른 비둘기보다도 훨씬 크고 뚱뚱한 것을 본 오라시우 카피탕은 또다시 고개를 저었다.

"이제 잡아먹자, 얘야. 큰 비둘기는 단거리에서만 경쟁력이 있어. 장거리는 제대로 날 수가 없다고."

그러나 그의 생각은 틀렸다. 사랑은 마리아 클라라의 기대에 부응했다. 1974년부터 1975년 사이가 최고의 해였다. 사랑은 빠르고 단호했으며 비둘기장에 강한 애착을 보였다.

"요 녀석이 영역 애착이 있네." 오라시우 카피탕이 마침내 인정했다. "영역 애착은 훌륭한 메신저의 주요 특징이지."

오라시우 카피탕은 거울 앞에 설 때면 키 큰 근육질의 남자를 보았다. 그러나 사실 그 자신은 정반대였다. 키는 160센티미터가 겨우 넘었으며 앙상한 팔, 좁은 어깨, 새 뼈처럼 작은 뼈를 지녔다. 그는 자신에게 대항하는 대상을 절대로 피하지 않았다. 기회가 될 경우 처음으로 펀치를 날렸고 그 이후 적의 공격을 받아냈다. 연약한 몸으로 온갖 고통을 견뎌냈지만 거대한 조각상처럼 늘 흔들림이 없었다. 그는 소시민 메스티조(라틴 아메리카에 널리 분포하는 유럽인과 아메리카 토착민의 인종적 혼혈인) 가정에서 태어났으며 루안다가 고향이었다. 포르투갈은 딱 한 번 가봤음에도 불구하고 그는 스스로를 뼛속까지 포르투갈 사람이라고 생각했다. 4월의 혁명에 그는 분노했고 망연자실해졌다. 어떤 날엔 더 분노했고 다른 날에는 더 망연자실해졌으며 하늘을 멍하니 응시하다가, 부끄럽게도 앙골라를 소련에 팔아넘길 계획을 세운 반역자와 공산당원을 욕했다. 그는 내전이 시작되고 앙골라 해방인민운동, 쿠바 동맹국과 동유럽권 국가가 승리하는 것을 충격 속에 지켜보았다. 다른 많은 사람이 그런 것처럼 그도 리스본으로 떠날 수 있었지만 그러고 싶어 하지 않았다.

"이 국가에 진정한 포르투갈 사람이 있는 한, 앙골라는 절대로 포르투갈의 손에서 벗어날 수 없을 거야."

앙골라가 독립한 지 몇 달이 지나자 그가 예견한 비극이 그의 눈앞에 펼쳐졌다. 포르투갈 정착민과 부르주아들의 상당수가 도망가고 공장을 비롯한 작은 가게들이 문을 닫았으며 상수도와 전기 서비스, 쓰레기 수거가 중단되었다. 죄수들은 탈옥하고 총성이 울려 퍼졌다. 그는 비둘기장에 나가지 않고 바이커에서 하루를 보냈다.

"내가 말했잖아!" 그는 여전히 이 역사적인 맥줏집을 어슬렁거리는, 대부분이 전 공무원인 새로운 친구들에게 말했다. 그는 짜증을 잘 냈다. 똑같은 비난과 똑같은 우울한 예언을 반복해 언제부턴가 사람들은 그를 '내가 말했잖아'라고 부르기 시작했다.

카심보가 드리운 비 오는 날 아침, 그는 신문을 펼쳤다. 전면에 실린 집회 사진 한 장이 보였다. 자신의 딸이 마그누 모레이라 몬트를 껴안고 있는 사진이었다. 그는 신문을 들고 한때 포르투갈 정치 경찰 정보원이었던 아르투르 케베두에게 달려갔다. 그는 앙골라 독립 이후 새로운 정보와 보안 서비스에 관련된 잡무를 떠맡고 있었다.

“이놈을 아시오? 대체 누구요?”

케베두는 친구를 불쌍하게 쳐다봤다.

“그는 광신적인 공산주의자라네. 공산주의자 중에서도 최악이지. 똑똑하고 단호한 놈인 데다 포르투갈인을 본능적으로 싫어한다네.”

오라시우는 허둥지둥 집으로 달려갔다. 그의 딸, 그의 어린 소녀, 그의 공주가 체제 전복자에게 넘어가다니. 죽은 아내를 다시 보면 뭐라 말해야 할지. 집에 가까워질수록 심장박동수가 올라갔고, 분노가 그를 앞지르기 시작했다. 현관문을 열자마자 그는 이미 소리를 지르고 있었다.

“마리아 클라라!”

딸이 앞치마로 손을 훔치며 부엌에서 나타났다.

“아빠?”

“당장 짐을 싸라. 우리는 리스본으로 간다.”

"뭐라고요?"

마리아 클라라는 이제 열일곱 살이 되었다. 엄마의 차분한 아름다움, 아빠의 용감함과 고집을 그대로 물려받았다. 그녀보다 여덟 살 연상인 몬트는 카네이션 혁명으로 전국이 도취감에 젖어 있던 1974년, 그녀의 포르투갈어 선생님이었다. 오라시우가 몬트의 단점으로 여기는 것들을 마리아는 존경했다. 그녀는 수업 시간에 그가 낮은 목소리로 주제 레지우의 시를 읽는 모습에 홀딱 반해 버렸다.

내 삶은 나도 모르게 나오는 웃음/ 위로 솟구치는 파도/ 흥분이 고조되는 원자/ 나는 어디로 가는지 모른다네./ 어떠한 길로 가는지 모른다네./ 나는 그곳으로 가지 않는다는 것만 아네.

마리아는 앞치마를 벗었다. 화가 나 발을 쿵쿵거렸다.

"아버지 혼자 가세요. 저는 제 나라에 머물 거예요."

오라시우는 그녀의 뺨을 철썩 때렸다.

"너는 열일곱 살이고 내 딸이다. 내가 시킨 대로 해야 해. 이제부터 집 밖에 나가서는 안 된다. 네가 어리석은 짓을 하도록 내버려 두지 않을 거야."

그는 가정부에게 딸이 집 밖으로 나가지 못하도록 감시하라고 지시한 뒤 비행기 표를 사러 갔다. 그는 아르투르 케베두에게 말도 안 되는 헐값에 차를 판 뒤 집 열쇠 복사본을 건넸다.

"매일 우리집에 가서 창문을 열고 정원에 물을 주시오. 사람들이 우리가 여전히 이곳에 살고 있다고 믿게끔 말이오. 공산당 놈들이 우리 집을 차지하는 걸 바라지 않소."

마리아 클라라는 몇 주 동안 비둘기를 사용해 연인과 연락을 취했다. 오라시우는 익명의 전화와 살인 협박을 받기 시작한 이후 전화를 끊어버렸다. 이러한 협박은 정치적인 것과는 상관이 없었다. 정치적인 것과 상관있는 일은 없었다. 오라시우는 질투심 많은 동료를 의심했다.

한편 몬트는 비밀 임무를 수행하느라 여행을 자주 다녔고 때로는 교전지대에도 머물렀다. 이쯤이 되자 혼자서 비둘기장을 관리하던 마리아 클라라는 그에게 서너 마리의 비둘기를 보냈다. 그러면 그는 사랑의 시와 새로운 소식을 적어 비둘기 다리에 묶은 뒤 황혼이 질 때 비둘기를 다시 돌려보냈다.

마리아 클라라는 가정부를 통해 친구에게 메시지를 전했고, 친구는 몬트를 찾으러 갔다. 그는 비아나에 있었다. 그곳에서 백인과 메스티소가 군대의 높은 자리를 장악하고 있는 것에 불만을 느낀 흑인 장교들이 군사 쿠데타를 계획 중이라는 소문을 조사하고 있었다. 몬트는 자리에 앉아 쪽지를 썼다.

내일 여섯 시, 늘 만나던 곳에서 만나요. 조심하고, 사랑하오.

그는 쪽지를 작은 플라스틱 원통에 넣어 비둘기 두 마리 중 한 마리의 오른쪽 다리에 붙인 뒤 비둘기를 날려 보냈다.

마리아 클라라는 대답을 기다렸지만 부질없는 일이었다. 그녀는 밤새 울었다. 결국 아버지를 따라 순순히 공항으로 향했고 리스본에 도착할 때까지 아무 말도 하지 않았다. 하지만 그곳에 오래 머물지는 않았다. 열여덟 살이 되고 나서 다섯 달이 지나자, 그녀는 루안다로 돌아와 몬트와 결혼했다. 오라시우는 자존심을 억누르고 가방을 싸서 딸을 따라갔다. 훨씬 뒤에 그는 독립 이후 혼란스러운 시절, 사위가 몇 번이고 그가 감옥에 가는 것을 막았다는 사실을 알게 되었다. 그는 이것에 대해 한 번도 고마워한 적이 없었다. 하지만 몬트의 장례식에서 가장 많은 눈물을 흘린 이는 바로 그였다.

신은 저울로 영혼의 무게를 잰다. 한쪽 접시에는 영혼을, 다른 쪽 접시에는 그를 위해 우는 사람들의 눈물을 올려놓는다. 울어주는 이가 아무도 없을 경우 영혼은 지옥에 간다. 눈물이 충분히 많고 충분히 진심어릴 경우 영혼은 천국으로 올라간다. 루도는 이것을 믿었다. 혹은 믿고 싶었다. 그녀는 사발루에게 그렇게 말했다.

"다른 이들이 그리워하는 사람, 그들은 천국으로 간단다. 천국은 다른 사람의 마음속에서 우리가 차지하는 부분이지. 우리 할머니가 그렇게 말씀하셨단다. 나는 이것을 믿지 않아. 나는 단순한 것을 믿고 싶어하지. 하지만 나는 신념이 부족하단다."

몬트는 그를 위해 울어줄 사람들이 있었다. 그가 천국에 있다는 게 상상이 잘 안 된다. 아니면 고요하게 빛나는 천국과 일그러진 어둠으로 가득 찬 지옥의 중간에 위치한 방대하고 모호한 곳에 갇혀 그를 보호하는 천사와 체스를 두고 있을지도. 천사가 체스를 둘 줄 안다면, 게다가 잘 둔다면 그곳이야말로 그에게는 천국이리라.

한편, 오라시우 카피탕, 일명 '내가 말했잖아'는 일랴의 허름한 술집에서 오후를 보낸다. 시인 비토리누 가비앙, 아르투르 케베두를 비롯해 과거에 잘 나갔던 두세 명의 남자와 맥주를 마시며 정치를 논한다. 오늘날까지도 그는 앙골라의 독립을 인정하지 않는다. 그는 공산주의가 종식된 것처럼 언젠가 독립도 끝날 것이라 믿는다. 그는 여전히 비둘기를 기른다.

제레미아스 카하스쿠의 고백

나세르 에반젤리스타가 어두운 목소리의 울림에 압도당해 몬트에게 달려들어 그를 칼로 찔렀던 날 아침으로 돌아가 보자. 루도의 집 문 앞에 사람들이 몰려드는 혼잡한 상황 속에 눈에 띄는 두 명의 흑인이 있었다. 루도는 몬트가 수치스럽게 도망가고 역시 서둘러서 바이아쿠가 떠난 뒤에야 이들이 눈에 들어왔다. 하지만 다니엘 벤시몰이 마리아 다 피에다드 로렌수가 앙골라 저널 사장에게 쓴 편지를 읽기 시작하는 바람에 그들이 무슨 이유로 자신을 찾아왔는지 알 수 없었다.

두 남자는 벤시몰이 편지를 다 읽을 때까지 기다렸다. 그들은 루도가 괴로워하는 것을, 손등으로 눈물을 훔치는 것을 말없이 지켜보았다. 마침내 벤시몰이 마리아 다 피에다드 로렌수에게 편지를 쓰겠다는 약속과 함께 자리를 떠나자 두 남자는 앞으로 나갔다. 나이가 든 쪽이 루도에게 손을 내밀었으나 말을 꺼낸 것은 젊은 쪽이었다.

"들어가도 될까요?"

"무슨 일이신지?"

제레미아스 카하스쿠는 주머니에서 노트를 꺼내 빠르게 무언가를 써서 루도에게 보여주었다. 루도는 고개를 저었다.

"노트라는 건 알겠는데 저는 더 이상 글을 읽을 수 없어요. 말을 못 하시나요?"

젊은이가 큰 소리로 읽었다.

"들여보내 주시오. 당신에게 용서를 빌고 도움을 청하고 싶소."

루도는 완강하게 저항했다.

"앉을 자리가 없어요. 30년 동안 누구도 이 집에 들여보낸 적이 없어서."

제레미아스는 다시 글을 쓴 뒤 이번에는 아들에게 보여주었다.

"그러면 서 있겠소. 저희 아버지께서 좋은 의자에 앉는다고 대화가 잘 풀리는 건 아니라고 말씀하시네요."

루도는 그들을 들어오게 했다. 사발루가 오래된 석유통 네 개를 가져왔고, 그들은 그 위에 앉았다. 제레미아스는 시멘트 바닥, 숯으로 갈겨 쓴 자국이 있는 어두운 벽을 보며 몸서리를 쳤다. 그는 모자를 벗었다. 말끔하게 면도한 머리가 어둠 속에서 반짝였다. 그는 노트에 다시 쓰기 시작했다.

"당신의 언니와 형부는 교통사고로 죽었소." 아들이 읽었다. "내 잘못이었소. 내가 그들을 죽였소. 나는 전쟁이 시작될 무렵, 우이게에서 스파이크를 만났소. 누군가에게 나에 대한 얘길 듣고 찾아왔지. 그는 디아망 광산 회사를 상대로 사기를 치기 위해 내 도움이 필요했소. 제대로만 처리하면 깔끔한 일로 피를 볼 필요도, 복잡한 과정도 없었소. 우리는 내가 보석의 절반을 갖는 데 동의했소. 그 후 나는 내가 해야 할 일을 했고 잘 마무리되었소. 하지만 마지막 순간 스파이크는 달아나 버렸고, 나는 아무것도 받지 못했소. 그는 내가 자신을 루안다까지 쫓아갈 거라곤 생각하지 못했소. 나를 잘 몰랐던 게지. 나는 모부투의 군대와 앙골라 사람들, 온갖 사업들로 정신없이 돌아가는 루안다로 갔소. 며칠 동안 이곳저곳 찾아본 끝에 그를 일랴의 한 파티장에서 발견했지. 그는 나를 보자마자 차를 타고 도망쳤고, 나는 영화처럼 그를 쫓아갔소. 쫓기던 그는 결국 차도를 벗어나 나무를 들이받고 말았소. 당신 언니는 즉사했지만 스파이크는 조금 더 오래 버텨서 나에게 다이아몬드를 숨긴 곳을 말해주었소. 정말 미안하오."

빛이 없어서 그랬는지, 읽는 것에 익숙하지 않아서인지, 아니면 아버지가 쓴 글을 믿을 수 없어서인지 안토니우는 힘겹게 글을 읽었다. 다 읽은 후 아버지를 바라보는 그의 눈에 놀라움이 가득했다. 제레미아스는 벽에 기대어 힘겹게 숨을 쉬고 있었다. 그는 안토니우의 손에서 노트를 가져가 다시 글을 썼다. 루도는 고뇌에 찬 애매한 동작으로 팔을 들어 올려 그를 막았다.

"스스로를 더 이상 괴롭히지 마세요. 우리가 저지른 실수가 우리를 바로잡는답니다. 우리는 잊어야 할지도 몰라요. 우리는 잊는 것을 연습해야 해요. 망각의 수준에 도달할 때까지."

제레미아스는 화가 난 듯 고개를 저었다. 그는 작은 노트에 몇 마디 더 적었다. 그러고는 아들에게 전해줬다.

"아버지는 잊기를 원치 않으세요. 잊는 것은 죽는 거라고 말씀하시네요. 잊는 것은 굴복하는 거라고."

제레미아스는 다시 글을 썼다.

"아버지는 우리 부족에 대해 말하라고 하시네요. 소에 대해, 소가 우리의 자산이라는 것에 대해. 하지만 소는 사고파는 물건이 아니에요. 우리는 소의 울음소리를 듣는 것을 좋아할 뿐이죠."

무쿠발 부족 틈에 갇혀 지내는 동안 제레미아스는 한 명의 다른 사람으로 다시 태어난 것이 아니라 수많은 다른 사람으로 재탄생했다. 무쿠발 부족과 살기 전, 그는 다른 사람들에 의해 둘러싸여 있었다. 기껏해야 다른 사람들에게 팔을 두른 사람일 뿐이었다. 그러나 사막에서 지내는 동안 그는 처음으로 그들의 일부처럼 느껴졌다. 어떤 생물학자들은 벌 한 마리, 개미 한 마리는 개인의 이동식 세포에 불과하다고 주장한다. 진정한 유기체는 벌집과 개미굴이라는 것이다. 무쿠발 부족 역시 다른 이들과 함께일 때만 존재하는 것이다.

안토니우가 아버지의 글을 힘겹게 읽는 동안 루도는 페르난도 페소아의 시가 떠올랐다.

나는 별이 가엽다/ 이다지 오래 반짝이다니/ 이렇게나 오래…/ 나는 별이 가엽다.// 사물들은/ 온갖 사물들은/ 피로를 느끼지 않을까?/ 우리가 팔다리에서 느끼는 것처럼/ 존재의 피로를/ 생명의 피로를/ 슬프든 기쁘든 상관없이/ …// 죽음이 아닌/ 다른 최후는 없을까?/ 혹은 고상한 목적/ 일종의 용서는 어떨까?

안토니우는 새로운 땅 임자에 대해 얘기했다. 사막을 나누는 가시철조망 때문에 목초지로 가는 길이 끊겨버렸으며 이에 총격으로 대응하다가 끔찍한 전쟁이 일어났고, 그 결과 무쿠발 부족은 소를 잃고 영혼과 자유도 잃었다고 했다. 1940년에 일어난 일과 똑같았다. 당시에 포르투갈인들은 거의 모든 무쿠발 부족 사람들을 죽이고 살아남은 이들을 상토메 농장에 노예로 팔아버렸다. 제레미아스는 그때와 같은 일을 겪지 않으려면 한때 무쿠발, 힘바, 무사비쿠아 부족이 소유했지만 지금은 상당수가 거대한 북부 하늘과는 아무런 관계가 없는 장교나 부유한 사업가에게 소속된 그 땅을 되사야 한다고 했다.

루도는 자리에서 일어나 남은 다이아몬드 두 개를 가져와 제레미아스에게 건네주었다.

그 사건

보통, 거울을 볼 때면 내 뒤로 그가 보였다.

이제 더 이상 그가 보이지 않는다.

이제 내 시력이 나빠져서이거나(맹인의 장점이다) 거울을 바꿔서 그럴지도.

아파트를 단장할 돈을 받자마자 나는 거울을 새로 샀다.

옛 거울들은 버렸다. 내 이웃은 이상하게 생각했다.

"이 아파트에서 멀쩡한 거라곤 거울들뿐인데요."

"아니오!" 나는 화가 났다. "이 거울들은 망령이 들었다오!"

"망령이 들었다고요?"

"맞아요, 이웃 양반. 그림자로 가득 차 있어요. 고독한 상태로 너무 오랜 시간을 보낸 게지."

나는 거울을 볼 때면 나를 강간한 남자가 떠올랐다는 얘기를 그에게 하고 싶지 않았다. 당시만 해도 나는 집 밖에 나가곤 했다. 자전거를 타고 학교에 다니며 거의 정상적인 삶을 살고 있었다. 여름이면 우리 가족은 코스타 노바에서 별장을 빌리곤 했다. 나는 수영을 좋아했다.

어느 날 오후, 집에 도착하자 읽던 책을 별장에 놓고 온 걸 깨달았다. 나는 책을 찾으러 혼자 별장으로 돌아갔다. 바닷가 근처 모래 위에 작은 오두막들이 줄지어 있었다. 날이 어두워지고 있었고 주위에는 아무것도 없었다. 나는 우리가 사용했던 오두막으로 향했다. 안으로 들어가려다 무슨 소리가 들려 고개를 돌려보니 한 남자가 문 앞에 서서 나를 보고 웃고 있었다. 나는 그가 누군지 알았다. 술집에서 그가 아버지와 카드를 치는 것을 본 적이 있었다.

나는 그에게 여기에 왜 왔는지 설명하려고 했지만 그럴 겨를이 없었다. 내가 말을 하려는 순간 그는 이미 내 위에 올라타 있었다. 그는 내 원피스를 찢고 내 속바지를 찢은 뒤 나를 겁탈했다. 나는 그 냄새를 기억한다. 내 가슴을 움켜쥐던 그 거칠고 딱딱한 손을 기억한다.

나는 소리를 질렀다. 그는 일정한 리듬에 맞춰 내 얼굴을 세게 쳤다. 화가 나서라기보다는 때리는 것 자체를 즐기는 것 같았다. 나는 입을 다물었다. 나는 울면서 집으로 돌아왔다. 옷은 찢어지고 얼굴은 부은 상태로 피범벅이 되어 있었다. 아버지는 모든 것을 눈치채고 완전히 정신이 나가 나를 철썩 때렸다. 나에게 벨트를 후려치면서 소리 질렀다. '창녀, 걸레, 몹쓸 년!' 나는 아직도 그 목소리가 들린다. '창녀! 창녀!' 엄마가 아버지에게 매달렸다. 언니는 울고 있었다.

나를 강간한 남자에게 무슨 일이 일어났는지는 알 수 없었다.

그는 어부였다. 사람들은 그가 스페인으로 달아났다고들 했다. 그는 그렇게 사라졌다.

나는 임신을 했다. 나는 방에 들어가 문을 걸어 잠갔고, 부모님은 나를 방 안에 가두었다. 밖에서 사람들이 수군거리는 소리가 들렸다.

때가 되자 조산사가 출산을 도와주러 왔다. 아이는 부모님이 데려갔고, 나는 딸아이의 얼굴을 한번도 보지 못했다.

수치심.

수치심 때문에 나는 집 밖으로 나가지 않았다. 아버지는 내가 거실로 나가면 자리에서 일어나 밖으로 나갔다. 몇 년이 지난 뒤, 아버지는 나에게 어떤 말도 하지 않은 채 세상을 떠났다.

몇 달 후 엄마마저 그 뒤를 따랐다. 나는 언니 집으로 들어가서 함께 살았다. 조금씩, 나는 나 자신을 잃어갔다. 나는 매일 딸아이를 생각했고, 매일 딸아이에 대해 생각하지 말자고 생각했다.

나는 집 밖에 나갈 때면 깊은 수치심을 느꼈다.

이제 그 시절은 갔다. 나는 밖에 나가도 더 이상 수치심을 느끼지 않는다.

나는 더 이상 두렵지도 않다. 나는 밖에 나가 식료품 주인아주머니들과 인사를 나눈다.

그들은 나를 보고 웃는다. 우리는 마치 가족 같다.

아이들은 나와 놀고 내 손을 잡는다.

내가 늙었기 때문인지

내가 그들만큼이나 아이 같기 때문인지 알 수 없다.

마지막 글

나는 글자를 느끼며 글을 쓴다.

이상한 일이다. 나는 내가 쓴 글을 읽을 수 없기 때문이다.

따라서, 나는 나를 위해 글을 쓰지 않는다.

누구를 위해 글을 쓰는 걸까?

나는 과거의 나를 위해 글을 쓴다. 아마 내가 두고 온 과거의 내가 집요하게 그곳에 서 있을지도 모른다. 과거의 시간 속에, 암울한 상태 그대로 길모퉁이에, 교차로에.

그리고 신비한 방식으로 그녀는 내가 이곳에 쓴 글을 보지 않고도 읽을 수 있을지도 모른다.

사랑하는 루도에게

나는 지금 행복하다.

이제 눈이 거의 보이지 않게 되니 너보다 잘 보이는구나. 나는 너의 눈 멂을 슬퍼한다.

나는 너의 무한한 어리석음을 슬퍼한다. 쉽게 문을 열 수도 있었을 텐데. 쉽게 거리로 나가 삶을 만끽할 수도 있었을 텐데.

나는 네가 겁에 질려 창문을 내다보는 것이 보인다.

괴물이 나타날 거라 생각하며 침대 아래를 들여다보는 아이처럼.

괴물, 나에게 괴물을 보여다오

저 거리의 사람들
나의 사람들
네가 놓친 모든 것이 안됐다.
참으로 안됐다.
하지만 불행한 인간은 꼭 너 같지 않느냐.

꿈은 모든 것이 시작되는 곳

꿈속에서 루도는 어린 소녀였다. 그녀는 흰 모래사장에 앉아 있었다. 사발루는 그녀의 무릎에 머리를 대고 누운 채 바다를 바라보고 있었다. 그들은 과거와 미래에 관해 얘기하고 있었다. 그들은 추억들을 주고받고 있었다. 그들은 서로가 만난 이상한 방식을 얘기하며 웃었다. 그들의 웃음소리가 나른한 아침의 현란한 새소리처럼 공기를 흔들었다. 그때, 사발루가 자리에서 일어났다.

"하루가 시작되고 있어, 루도. 어서 가자."

그들은, 그 둘은, 바다로 향하려는 사람들처럼 웃고 떠들면서 빛을 향해 갔다.

2012년 2월 5일, 리스본

감사의 글과 참고문헌

2004년 어느 오후, 호르헤 안토니우 영화감독은 나에게 앙골라에서 촬영할 장편영화의 대본을 써달라고 요청했다. 나는 1975년, 앙골라 독립 직전의 혼란스러운 상황에 겁을 먹고 벽돌을 쌓아 스스로를 가둔 포르투갈 여성에 대한 이야기를 해줬다. 그리고 호르헤의 적극적인 지원 덕분에 대본을 완성할 수 있었다.

비록 영화는 제작되지 못했지만 그 줄거리를 바탕으로 나는 이 소설을 썼다. 무쿠발 부족에 관한 장을 쓸 때는 루이 두아르테 드 카발로의 시 뿐만 아니라 그의 에세이 『무쿠발 양치기에 관한 간략한 소개』에서도 영감을 받았다.

내가 이 책을 쓰는 데 많은 이들이 도움을 주었다. 특히 내가 쓴 소설을 늘 가장 먼저 읽으시는 부모님과 패트리샤 레이스, 라라 롱글에게 감사를 전하고 싶다.

브라질 시인 크리스티아나 노보아에게도 감사를 전한다. 그녀는 내 요청에 기꺼이 응해 “하이쿠”와 “엑소시즘” 장에서 루도의 시를 써주었다.

망각에 관한 일반론

2018년 1월 12일 초판 인쇄
2018년 1월 19일 초판 발행

지 은 이 주제 에두아르두 아구아루사
옮 긴 이 이지민
발 행 인 조규백
책임편집 한이슬

발 행 처 도서출판 구민사
주 소 (07293) 서울시 영등포구 문래북로 116(문래동 3가, 트리플렉스) 604~605호
T E L (02)701-7421
F A X (02)3273-9642
홈페이지 Http://www.kuhminsa.co.kr
등 록 제14-29호(1980년 2월 4일)

I S B N 979-11-5813-513-3 (03890)
가 격 13,000원